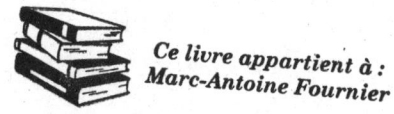
Ce livre appartient à :
Marc-Antoine Fournier

L'ÎLE DES DISPARUS

DYNAH PSYCHÉ

L'ÎLE DES DISPARUS

ÉDITIONS
MICHEL
QUINTIN

Catalogage avant publication de Bibliothèque et Archives
nationales du Québec et Bibliothèque et Archives Canada

Psyché, Dynah

  Gaïg

  Sommaire: 1. La prophétie des Nains -- 2. La forêt de Nsaï --
  3. L'appel de la mer -- 4. L'île des disparus.
  Pour enfants.

  ISBN 978-2-89435-353-0 (v. 1)   ISBN 978-2-89435-355-4 (v. 3)
  ISBN 978-2-89435-354-7 (v. 2)   ISBN 978-2-89435-370-7 (v. 4)

  I. Titre. II. Titre: La prophétie des Nains. III. Titre: La forêt
  de Nsaï. IV. Titre: L'appel de la mer. V. Titre: L'île des disparus.

PS8631.S82G33 2007   jC843'.6   C2007-941802-3
PS9631.S82G33 2007

Illustrations de la page couverture et de la page 7: Boris Stoilov
Illustration de la carte: Mathieu Girard
Révision linguistique: Sylvie Lallier, Éd. Michel Quintin
Infographie: Marie-Ève Boisvert, Éd. Michel Quintin

  Le Conseil des Arts du Canada / The Canada Council for the Arts  SODEC Québec Patrimoine canadien / Canadian Heritage

La publication de cet ouvrage a été réalisée grâce au soutien
financier du Conseil des Arts du Canada et de la SODEC.

De plus, les Éditions Michel Quintin bénéficient de l'aide
financière du gouvernement du Canada par l'entremise du
Programme d'aide au développement de l'industrie de
l'édition (PADIÉ) pour leurs activités d'édition.

Gouvernement du Québec – Programme de crédit d'impôt
pour l'édition de livres – Gestion SODEC

Tous droits de traduction et d'adaptation réservés pour tous
les pays. Toute reproduction d'un extrait quelconque de
ce livre, par procédé mécanique ou électronique, y compris
la microreproduction, est strictement interdite sans
l'autorisation écrite de l'éditeur.

ISBN 978-2-89435-370-7

Dépôt légal - Bibliothèque et Archives nationales du Québec, 2008
Dépôt légal - Bibliothèque et Archives Canada, 2008

© Copyright 2008

Éditions Michel Quintin
C.P. 340, Waterloo (Québec)
Canada J0E 2N0
Tél.:   450 539-3774
Téléc.: 450 539-4905
www.editionsmichelquintin.ca

0 8 - G A - 1

Imprimé au Canada

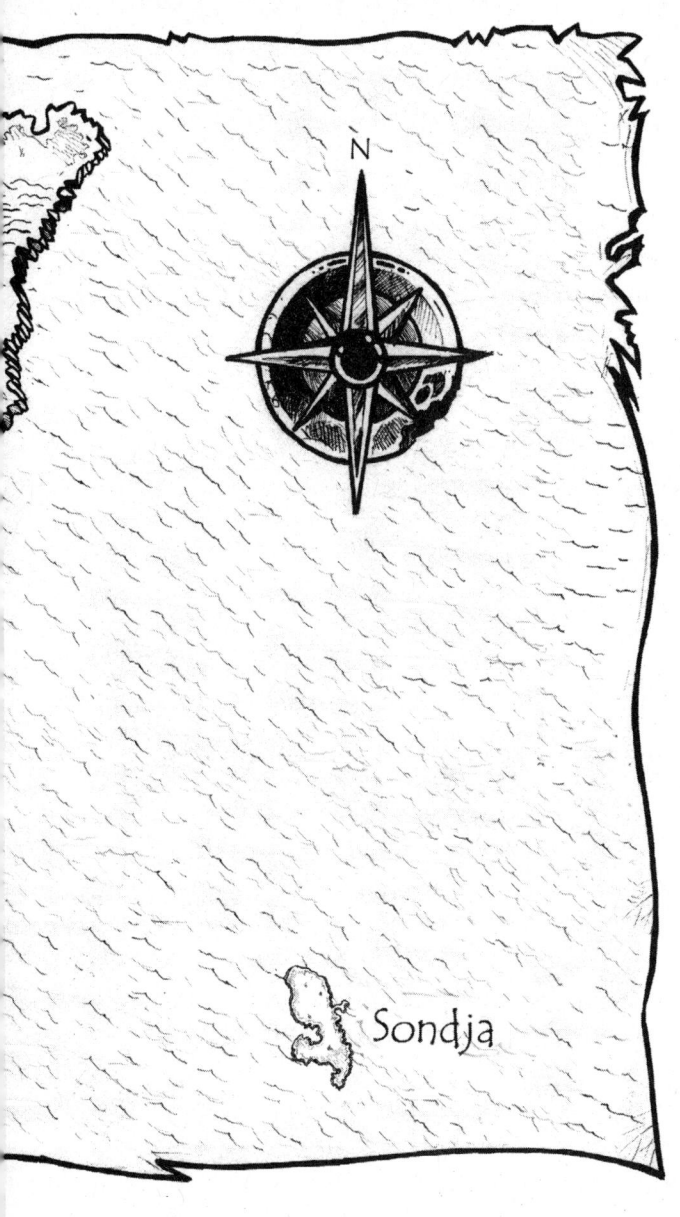

PROLOGUE

Alors qu'elle n'était qu'un bébé nouveau-né, Gaïg, qui a maintenant dix ans, a été trouvée sur une plage par la Naine Nihassah, qui l'a confiée à un couple, Garin et Jéhanne, pour l'élever.

Gaïg, rejetée de tous, est excédée par une vie sans joie et a parfois envie de quitter le village. Elle ressent une attirance irrésistible pour la mer, dans laquelle elle passe la plupart de son temps libre. Sa seule consolatrice est Nihassah, qui l'entoure d'affection et l'exhorte à la patience.

Contrainte de fuir Garin, Gaïg se retrouve prisonnière sous terre avec Nihassah, blessée et immobilisée à la suite d'un affaissement de terrain. Elle doit alors entreprendre toute seule une longue expédition en empruntant les galeries souterraines creusées par le peuple des Nains, afin d'aller chercher du secours.

Au cours de ce périple, Gaïg rencontre des créatures aquatiques malfaisantes, les Vodianoïs, dont le venin est généralement fatal. Gaïg, mordue, arrive de justesse au village de Nihassah. Pendant qu'une équipe de Nains se porte au secours de Nihassah, un autre groupe se dévoue pour accompagner Gaïg chez les Licornes, seules créatures capables de neutraliser le venin des Vodianoïs.

Gaïg entre alors dans le monde fabuleux de la forêt de Nsaï, dont elle ignorait l'existence. Elle fait la connaissance de la Dryade Winifrid et de son chêne Walig, du Pookah Loki qui s'amuse à lui jouer des tours, et des Licornes qui, après l'avoir soignée, préconisent une cautérisation de sa plaie par les Salamandars.

Pendant ce temps, les Nains, après avoir porté secours à Nihassah, ont dû fuir leur village et se rapprocher de la surface à cause des tremblements de terre. Le volcanisme se propageant maintenant aux monts d'Oko, ils se retrouvent confrontés à cette très ancienne prophétie perdue dans la nuit des temps.

La Déesse Magnifique était alors apparue aux cinq grands prêtres de la confrérie des Nains et elle leur avait annoncé qu'une descendante de Yémanjah, la *Mère-dont-les-enfants-sont-des-poissons*, mettrait au monde une fille pour guider les Nains au moment du Grand Exode vers la terre qu'elle leur réservait. Sangoulé, le pays béni, deviendrait le territoire du Feu, et des enfants du Feu.

Au cours d'un entretien avec le grand prêtre WaNguira, Nihassah avoue qu'elle a reçu de Yémanjah elle-même la mission de veiller sur Gaïg, qui est bien la descendante annoncée par la prophétie. Ce que Gaïg doit ignorer, cependant.

De son côté, c'est en cherchant les Salamandars que Gaïg se voit confier Txabi, un bébé salamandar dont elle devra prendre soin jusqu'à ce qu'il atteigne l'âge adulte. Gaïg se retrouve une fois de plus prisonnière sous terre à cause d'un éboulement, cette fois en compagnie de Winifrid, Loki, Txabi et Dikélédi, une jeune Naine de son âge. C'est Patxi, un Salamandar, qui la soignera et la ramènera à la surface, auprès de Mfuru et d'AtaEnsic, la Licorne qui a eu la corne sciée par un chasseur.

C'est alors que des voleurs de chevaux s'emparent d'AtaEnsic. Gaïg et ses amis volent à son secours et, après l'avoir libérée, fuient dans une barque avec laquelle ils descendent la rivière. Loki, désireux de vivre de vraies aventures, profite de la nuit pour détacher discrètement la barque amarrée à un tronc.

Toute la compagnie se réveille en pleine mer et connaît l'angoisse et le découragement des naufragés.

Au bout de deux jours, à la grande joie de Gaïg, des Sirènes font leur apparition, leur apportent à manger et les remorquent jusqu'à une île. Loki, parti en exploration avec Txabi, revient en annonçant qu'il a découvert des Nains prisonniers. La supposition selon laquelle il s'agirait des Kikongos, disparus il y a plus d'un siècle après l'émission d'une importante coulée de lave, est émise.

Pendant ce temps, WaNguira, Mukutu et la tribu des Lisimbahs, ayant identifié Gaïg comme la descendante de Yémanjah, sont confrontés à la nécessité de la retrouver. Alors qu'ils envisagent un rassemblement général, ils se retrouvent sans le vouloir face à deux autres tribus de Nains, les Pongwas et les Affés, obligés de fuir le volcanisme des pitons de Wassango-Kilolo. Eux-mêmes doivent quitter les monts d'Oko, hantés maintenant par le redoutable Ihou, le Troll avaleur de Nains.

Les trois tribus envisagent de demander asile aux Gnahorés, qui habitent les collines de Koulibaly. Mukutu, ignorant les aventures de Gaïg, délègue cependant un petit groupe à sa rencontre puisqu'elle est censée retourner vers la forêt de Nsaï.

1

Loki progressait en tête, suivi de près par Mfuru. AtaEnsic marchait derrière lui, le heurtant doucement du chanfrein ou lui soufflant affectueusement l'air de ses naseaux dans le cou. C'était une façon de lui montrer qu'elle était solidaire et qu'elle partageait son tourment.

Le chemin, élargi par AtaEnsic, se révélait plus facile pour les derniers de la file. Le sous-bois était constitué de buissons plus ou moins serrés qu'il fallait parfois contourner. Winifrid se plaisait à caresser les troncs des arbres au passage, se rappelant Walig qu'elle avait si peur d'oublier. Elle se rassurait à la pensée que tant que Wakan Tanka veillerait sur lui, il ne lui arriverait rien. Elle aussi était perplexe : d'habitude, tout se savait à Nsaï. Elle ne comprenait pas comment des Nains pouvaient être détenus en grand nombre sans que TsohaNoaï et Wakan Tanka le sachent. Ou alors, ils n'avaient rien dit… Peut-être que tout cela relevait de la fameuse prophétie des Nains : elle avait été plus d'une fois décontenancée par la tournure prise par les événements ces derniers temps…

Ils faisaient route vers le campement depuis un bon moment quand Loki s'arrêta, leur faisant impérativement signe de se taire alors que personne ne parlait. Il s'était remis de l'émotion causée par sa hideuse découverte, et le personnage d'aventurier intrépide qu'il adorait adopter renaissait petit à petit. Avec force mimiques et manières, il chuchota – tellement doucement qu'on l'entendait à peine, ce qui eut pour effet d'agacer une nouvelle fois Gaïg – qu'on atteindrait bientôt un sentier qui menait aux cabanes, et qu'il faudrait se montrer très prudents.

Il semblait tellement redouter l'odorat des chiens, qui ne manqueraient pas de donner l'alerte, que Winifrid suggéra de se frotter le corps avec les feuilles très odorantes d'un pied de menthe sauvage qu'elle avait repéré. Cela retarderait un peu le moment où les chiens percevraient leur odeur. En réalité, elle ne les craignait nullement : son état de Dryade la mettait à l'abri de tous les animaux, dangereux ou non. Elle relevait davantage du monde végétal pour eux. N'ayant rien à redouter d'elle, il ne serait venu à l'esprit d'aucun animal d'attaquer une Dryade.

Elle ignorait cependant quelle serait la réaction des chiens en flairant toutes ces nouvelles odeurs, inhabituelles pour eux. Surtout s'ils étaient affamés… Elle eut un petit sursaut de joie – Loki la fusilla du regard, alors qu'elle n'avait émis aucun son – en découvrant une variété de mousse aux propriétés légèrement hallucinogènes sous le pied de menthe : de la vanora. Les chiens adoraient cette dernière, et se droguaient littéralement en la respirant, en la piétinant, en la mangeant. Ensuite, ils s'endormaient, anéantis par le plaisir, les sens complètement paralysés. Elle en récolta une ample provision pour elle et ses compagnons.

Quand Loki s'engagea sur le sentier, personne ne savait quelle serait la suite : aucun plan n'avait été établi par avance, il fallait d'abord vérifier les dires du Pookah. Non par crainte d'un mensonge de sa part, mais pour se faire une idée par soi-même.

La reconnaissance des lieux s'imposait comme une priorité, et ensuite seulement, en faisant très attention pour ne pas alarmer leurs « gardiens », on pourrait essayer d'entrer en contact avec les Nains, sans les effrayer.

Ils étaient les mieux placés pour donner des renseignements sur l'organisation générale du « camp » et la meilleure façon de les libérer.

Le cœur de Mfuru battait à grands coups dans sa poitrine : de plus en plus, il pensait à son père, Do. Des souvenirs de sa prime enfance remontaient à la surface, faisant naître une boule dans sa gorge. Il avait seulement une cinquantaine d'années quand sa mère Macény et lui avaient quitté Sangoulé alors que Do était en visite chez ses propres parents, dans l'extrême sud de Sangoulé.

Macény, Lisimbah d'origine, était partie avec ceux de sa tribu quand le volcanisme avait atteint des proportions inquiétantes. Elle pensait Do en sécurité dans le sud. Il les rejoindrait quand il pourrait. Au fil des mois, elle avait dû accepter l'évidence : Do ne reviendrait pas.

Les Kikongos avaient disparu, engloutis par une coulée de lave, ou noyés par un raz-de-marée. Leur pays avait été inondé par les flots de la mer d'Okan, et aucun Kikongo n'avait plus jamais donné signe de vie. Deux ou trois décennies s'étaient écoulées avant que les quatre tribus restantes concluent à leur disparition.

Des bribes de son enfance remontaient à la mémoire de Mfuru, dans un désordre total.

C'était Do qui lui avait enseigné les rudiments de la musique, et ses premiers morceaux. Mfuru avait eu assez de temps pour connaître et apprécier son père et il avait été incapable de le remplacer par une autre figure masculine. Au fil des ans, il était devenu beaucoup plus lent, comme si son corps et son esprit s'engourdissaient, permettant à la blessure de se refermer, au chagrin de s'atténuer.

Il s'était alors adonné à la musique avec passion, n'hésitant pas à innover en la matière jusqu'à être considéré par ses pairs comme un génie musical. Ce qui ne l'empêchait pas de rester désespérément seul à cause de sa lenteur qui en faisait un poids pour les autres et de son talent qui l'isolait. L'arrivée d'AtaEnsic dans son existence avait été une sorte de bénédiction parce que pour la première fois, il s'était senti compris et accepté. Il lui avait tout raconté de sa vie, dans les moindres détails, depuis son premier souvenir : elle l'avait écouté.

Ensuite, cela avait été au tour de la Licorne de se laisser aller aux confidences : elle aussi avait été meurtrie par le destin. Elle lui avait confié comment elle se sentait laide sans sa corne, défigurée et infirme. Combien parfois elle détestait les Hommes, et sentait une folie meurtrière monter en elle. Il s'était montré sensible à sa souffrance et l'avait rassurée : pour lui, elle était la plus belle, il l'aimerait toujours, avec ou sans corne. Une amitié indéfectible était née de cet échange.

À ce jour, AtaEnsic seule avait réussi à rendre Mfuru plus rapide : il lui disait en riant qu'elle avait accéléré sa cadence. Ce à quoi elle répondait invariablement qu'il n'attendait que ça : qu'on le réveille, qu'on le sorte de sa léthargie, et qu'on fasse danser sa vie.

Mfuru fit une caresse par-derrière à AtaEnsic qui le suivait. On avait atteint un sentier, et il fallait redoubler de précautions. Il retournait deux questions dans sa tête : ces Nains étaient-ils les Kikongos? Et si c'était le cas, son père était-il encore vivant?

Au bout d'un moment, on distingua des baraquements dans le lointain. La nuit était tombée d'un seul coup, il faisait sombre. Les six compagnons avançaient à la queue leu leu, prêts à sauter dans les fourrés avoisinant le sentier s'il fallait se dissimuler. Le septième compagnon, Txabi, dormait, enroulé autour du cou de Gaïg. Loki avançait de plus en plus précautionneusement au fur et à mesure qu'on approchait. Il s'arrêta bien avant les premières baraques, en adoptant un air de conspirateur :

— Je suppose que les chiens sont en liberté pendant la nuit, chuchota-t-il. Je vais voir avec Winifrid, attendez-nous ici. De toute façon,

AtaEnsic fait du bruit avec ses sabots : il vaut mieux annihiler les chiens d'abord.

Winifrid vérifia ses provisions de vanora destinée à droguer les chiens, et s'engagea dans les fourrés avec Loki. Très vite, on ne les vit plus. Mfuru bouillait d'impatience et dansait d'un pied sur l'autre : il se serait volontiers précipité au milieu des cabanes en appelant Do. Dikélédi se sentait prise dans un engrenage qui la dépassait, et Gaïg encore davantage. AtaEnsic s'était allongée et regardait Mfuru, le caressait avec sa tête, mais se sentait impuissante à l'aider.

— On pourrait avancer un peu, proposa Mfuru à voix basse.

— Ça ne servirait qu'à nous faire repérer, avertit la Licorne. Ce n'est pas ce que tu veux, n'est-ce pas ?

Mfuru baissa la tête, penaud, et recommença sa danse sur place. Il laissa échapper un ou deux clappements de langue mais se reprit aussitôt. Un moment passa. Il s'arrêta soudain, on le vit tendre l'oreille, crispé, comme s'il écoutait quelque chose dans le lointain. Puis ses traits se détendirent, et il s'appuya lourdement contre AtaEnsic, enserrant le cou de celle-ci avec ses bras, le visage enfoui dans sa crinière. Il essayait visiblement de se décontracter.

— Ça ira, murmura AtaEnsic pour le rassurer. On va délivrer les Kikongos.

Mfuru s'assit contre elle, et se laissa aller, fermant les yeux. Il les rouvrit au bout d'un moment :

— Vous n'entendez pas ? Cette musique…

— Je l'entends par moments, souffla Dikélédi. Mais je n'étais pas sûre. C'est de la musique de Nain… Il y a quelqu'un qui chante…

Gaïg ne percevait rien d'autre que ce qu'elle pensait être les craquements du bois dans la forêt.

Tout à coup, Mfuru se leva, le visage hagard, et s'engagea dans le sentier. Gaïg et Dikélédi, prises de court, hésitaient sur la conduite à adopter. AtaEnsic décida pour elles :

— Il vaut mieux rester ici. Il commet une imprudence, mais les risques seront accrus si nous l'accompagnons.

Mfuru s'était arrêté un peu plus loin, on le distinguait à peine. Puis il se remit en marche et s'évanouit dans la nuit.

Après son départ, l'attente devint insupportable. Gaïg, Dikélédi et AtaEnsic se taisaient, n'osant bouger. Elles se rendaient compte que la situation était extrêmement risquée : des Hommes capables de maintenir des Nains prisonniers dans les conditions décrites par

Loki n'hésiteraient pas à tuer des étrangers entrés sur leur territoire, même s'il s'agissait de naufragés. Ou alors ils les captureraient pour les faire travailler dans la mine : Dikélédi rejoindrait sans délai ses semblables et serait enchaînée, AtaEnsic serait employée comme cheval de trait, et ils trouveraient bien quoi faire de Gaïg. Cette dernière frémit : même si elle n'était pas une Naine, elle ne serait pas épargnée. De toute façon, elle s'imaginait mal trahissant les Nains, ses amis, pour se mettre au service de brigands esclavagistes. Elle se sentait bien plus en danger maintenant que la veille ou l'avant-veille, quand ils étaient perdus en mer.

— Mfuru fait de la musique, annonça Dikélédi à mi-voix. Il est devenu fou, ou quoi? Écoutez!

AtaEnsic perçut tout de suite l'étrange mélopée à laquelle la jeune Naine faisait allusion, mais Gaïg dut faire un effort pour la discerner. N'étant pas habituée à la musique des Nains, elle croyait avoir affaire aux bruits naturels de la forêt. En se concentrant, elle réussit à distinguer une voix humaine, sans être sûre pour autant qu'il s'agissait de Mfuru. Elle écoutait avec attention et sursauta quand Winifrid sauta légèrement d'une branche : même en étant suprêmement attentive aux sons, elle ne l'avait pas entendue arriver.

— *Les chiens sont en train de respirer la vanora*, raconta-t-elle. *Pour le moment, ils sont excités, mais ils s'endormiront sous peu. J'ai réussi à les entraîner dans une espèce de parc à chevaux vide, mais il y en a peut-être d'autres en liberté. Ils sont pitoyables tellement ils sont décharnés. Les Hommes sont dans une des cabanes, ils mangent et boivent : je pense que c'est de l'alcool, ils ont l'air ivres. Ils sont servis par trois Nains. Les autres Nains sont prisonniers dans une grande case. Mais… où est Mfuru ?*

AtaEnsic expliqua qu'il s'était brusquement éloigné en entendant de la musique, et qu'il en avait joué lui aussi.

— *C'est donc lui que j'ai entendu, je pense. Mais il y avait également un Nain captif qui chantait dans la case, quelque chose de très lent et de très triste, comme une plainte. Je n'ai pas compris les paroles. Peut-être que Mfuru veut essayer de communiquer avec lui… Pourvu qu'il ne se fasse pas remarquer…*

Dikélédi expliqua, la voix tremblante :

— Il s'agit de La complainte des cœurs séparés. C'est une chanson en baalââ. Elle est sous forme de dialogue. Je suis sûre que Mfuru est en train de donner la réplique au chanteur de la case.

— Nous pouvons nous rapprocher, suggéra AtaEnsic. Je ferai très attention avec mes sabots.

Winifrid acquiesça : elle faisait beaucoup moins de manières que Loki, pensa Gaïg, et elle n'avait même pas l'air effrayée.

— *Je pars devant, je vous avertirai si ça se gâte,* dit la Dryade en s'esquivant. *Je vais jeter un coup d'œil aux chiens aussi.*

Il fallut un temps infini à AtaEnsic, Gaïg et Dikélédi pour atteindre la limite de la vaste clairière dans laquelle les habitations se dressaient. Elles progressaient à pas de loup sur le sentier, la Licorne marquant une pause chaque fois qu'elle avait posé un sabot sur le sol.

Au fur et à mesure qu'elles se rapprochaient, elles distinguaient mieux les tons graves de l'étrange mélopée aux sonorités feutrées et monotones. Mais elles auraient été incapables de préciser l'origine des sons, ou d'identifier le chanteur : c'était la même voix rauque et sourde qui s'arrêtait un bref instant puis recommençait, sans jamais monter plus haut. Gaïg inventa l'expression « chanter silencieusement » pour décrire ce qu'elle entendait, comme si le chanteur – ou « les » chanteurs – ne voulaient pas se faire remarquer, risquant ainsi d'attirer sur eux la hargne des gardiens.

Dikélédi plaça une main moite dans la paume de Gaïg et se colla contre elle. Gaïg se dit que si elle avait appartenu au monde des Nains, elle aurait sans doute été aussi bouleversée, et elle serra très fort la main qu'elle tenait. Elles étaient au bord de la clairière et examinaient le « village » misérable qui se révélait à elles à la lumière de la lune. Il respirait la misère, la pauvreté, le malheur.

Tout à coup, Loki et Winifrid furent à côté d'elles, aussi silencieux que des ombres. Pas une branche n'avait remué pour annoncer leur arrivée. Ils leur firent signe de les suivre, et avancèrent en longeant le bord de la clairière jusqu'à se trouver dans le prolongement d'une vaste cabane. Mfuru chantait là, dissimulé dans les fourrés, les larmes aux yeux.

Il y avait quelque chose de tragiquement beau dans la vision de ce Nain immobile, qui pleurait en chantant – ou chantait en pleurant. Ses lèvres étaient entrouvertes mais aucun muscle du visage ne bougeait : seule la gorge était animée, laissant échapper maintenant une vibration sourde et saccadée. Mfuru maîtrisait parfaitement son appareil phonatoire, et jouait là le chef-d'œuvre de toute sa vie, le cœur déchiré par l'angoisse : la voix qui lui répondait depuis un moment, il l'aurait reconnue entre mille. C'était la même que la sienne, celle qui lui avait enseigné ses premiers mots, ses premiers airs.

Il baissa petit à petit le ton, sans se taire pour autant, jusqu'à ce que la voix de l'intérieur de la case ait pris la relève. Les larmes coulant toujours le long de son visage, sans bouger, sans la regarder, il tendit une main vers AtaEnsic pour qu'elle s'approche et partage avec lui ce moment unique entre tous : il avait retrouvé Do, son père.

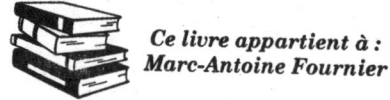

Ce livre appartient à :
Marc-Antoine Fournier

2

Gaïg se rendit compte qu'elle était émue et qu'elle pleurait elle aussi. Sans connaître dans le détail l'histoire de Mfuru, elle en savait assez pour comprendre qu'elle assistait à quelque chose de grandiose. Dikélédi avait également les larmes aux yeux : elle n'avait pas lâché la main de Gaïg. Cette dernière mit un moment avant de s'apercevoir que Mfuru avait abandonné le baalââ et commencé à poser des questions tout en gardant le ton de *La complainte des cœurs séparés*. Elle prêta attention aux paroles échangées, et apprit en même temps que lui l'atroce vérité.

Oui, il s'agissait bien des Kikongos, prétendument disparus. Cela faisait plus d'un siècle qu'ils étaient prisonniers sur cette île, n'essayant même plus de s'évader ou de se révolter, luttant simplement pour survivre jusqu'au soir. Leur population avait fortement diminué sous l'emprise des sévices et des maladies, et ils n'étaient plus qu'une poignée, comparativement à avant. Ils n'espéraient plus aucun secours depuis longtemps, et avaient faim.

Au moment du Premier Exode, une faille énorme avait déchiré Sangoulé en deux parties, et un fleuve de lave avait coulé au milieu. La partie méridionale, qui constituait leur pays, n'avait pas été engloutie : elle s'était éloignée de plus en plus des côtes du pays de N'Dé, avant de s'immobiliser. On aurait dit un radeau gigantesque à la dérive sur la mer d'Okan. Mais leur pays, devenu île, ne flottait pas. On avait plutôt l'impression qu'il raclait le fond de l'océan, tellement les séismes étaient nombreux.

Les Kikongos étaient demeurés des mois sur ce bout de terre émergé, craignant l'engloutissement définitif à chaque nouveau tremblement de terre. Puis des Hommes étaient arrivés sur des bateaux, que les Nains en détresse avaient accueillis comme des sauveurs. Ils avaient embarqué avec eux, et avaient appris à naviguer.

Ensuite la décadence avait commencé. Ils avaient été astreints aux tâches les plus dures et les plus rebutantes sur le bateau. Ils ne s'étaient pas révoltés, aveuglés qu'ils étaient par la reconnaissance qu'ils croyaient leur devoir. Ils avaient choisi de s'endurcir, considérant qu'ils « payaient » ainsi leur voyage et la charge supplémentaire que représentait leur montée à bord en matière de nourriture.

Ils avaient été amenés sur cette île, et contraints de travailler dans la mine après avoir construit des baraquements. Ils s'étaient plusieurs fois rebellés, mais les Hommes avaient maté leurs soulèvements avec une violence inouïe. Ces derniers ne faisaient pas de quartier et tuaient sans aucun état d'âme ceux qui se rebellaient. Par la suite, ces tyrans avaient de plus en plus diminué leurs portions de nourriture, pour les affaiblir physiquement et les dompter moralement. Ce, en exigeant d'eux le même rendement au travail.

Beaucoup de Nains avaient déjà succombé, ils étaient environ une quarantaine maintenant, en très mauvais état. Les Hommes étaient moins d'une dizaine, mais en pleine santé, avec des réserves de brutalité d'une intensité phénoménale. Les Nains ne pouvaient plus agir : ils étaient enchaînés la plupart du temps quand ils sortaient de la mine. De plus, leur mauvais état physique ne laissait guère de doute sur l'issue d'une éventuelle bataille : ils seraient écrasés en un rien de temps. Et se sauver sur une île équivalait à un arrêt de mort, puisque tôt ou tard ils seraient repris, et exécutés. Ils avaient d'ailleurs surnommé l'île Sondja, ce qui signifiait la *Terre-du-désespoir-absolu*.

Le chant continuait, dolent et envoûtant, sur le même ton bas et uniforme, malgré l'émotion dont il était chargé. Le découragement et la lassitude en constituaient les paroles, la musique, le fond.

Mfuru demanda à son père s'ils étaient enfermés dans leur cabane et Do répondit que oui. La porte était barricadée de l'extérieur par deux épaisses barres de bois transversales, qu'il suffisait d'enlever pour pénétrer dans la masure. Mfuru annonça alors qu'il était le seul Nain adulte présent et présenta ses compagnons, en annonçant qu'ils allaient essayer d'entrer.

Do les en dissuada : tant que les trois Nains de service auprès des Hommes ne seraient pas revenus, la situation serait trop risquée. Il valait mieux attendre que les Hommes soient endormis avant de tenter quoi que ce soit. En revanche, si on pouvait leur faire passer n'importe quoi à manger par l'une des misérables fenêtres haut perchées de la bâtisse, ce serait une bonne chose : ils étaient tous tenaillés par une faim intolérable. Deux des enfants se mouraient d'inanition à l'intérieur, l'un d'entre eux ne passerait peut-être pas la nuit. Dans l'immédiat, ils ne tenteraient rien contre les Hommes, vu l'état de faiblesse qui était le leur.

Mfuru et ses compagnons furent étonnés par cette réticence de Do à entamer une action qui marquerait un premier pas vers la liberté mais se plièrent à sa volonté : le vieux Kikongo savait mieux qu'eux à qui il avait affaire et de quoi les autres étaient capables. Loki et Winifrid partirent immédiatement, disant qu'ils avaient repéré une masure où se trouvaient des provisions.

Sans écouter personne, Mfuru se lança à découvert dans la clairière, le temps de courir jusqu'à la cabane des Nains afin d'inspecter la façade percée d'ouvertures, qui donnait heureusement sur la forêt. Après tant d'années, il ne pouvait pas attendre plus longtemps pour serrer son père dans ses bras. Gaïg le vit coincer obliquement contre le mur une vieille planche qui traînait sur le sol et commencer à grimper avec une agilité surprenante.

Malheureusement, la planche était trop courte – ou le Nain pas assez grand. Il redescendit, inspectant les lieux autour de lui, en quête d'une idée. Finalement, il avisa un vieux tonneau pas très loin et le fit rouler jusqu'à la planche. Gaïg et ses compagnons frémirent en entendant le roulement du tonneau sur les cailloux, et l'aboiement d'un chien les fit se jeter dans les fourrés. Mfuru agit de même, mais comme le jappement ne se répétait pas, il repartit à l'assaut de la façade.

Il plaça le tonneau debout et bloqua la planche dessus, contre le rebord : cette fois-ci, l'échafaudage se révéla suffisamment haut et il atteignit le côté de la fenêtre. Il n'éprouva pas trop de difficulté à se jucher à califourchon dans l'encadrement de cette dernière et marqua un temps d'arrêt. Gaïg se demanda comment il procéderait pour l'intérieur : il ne pourrait pas sauter de cette hauteur sans risquer de se rompre le cou. Elle le vit cependant disparaître dans la cabane, comme avalé par la fenêtre.

Elle pressa la main de Dikélédi, elle se sentait tendue comme la corde d'un arc. Elle cherchait dans sa tête comment aider les Nains, mais dans l'immédiat, ne voyait pas en quoi elle pourrait être utile. Un autre aboiement retentit dans le silence de la nuit. Loki et Winifrid firent diversion en revenant avec des sacs de vivres : il y avait de gros biscuits de facture assez grossière et des fruits. C'était tout ce qu'ils avaient pu trouver, ne disposant pas de beaucoup de temps et ne voulant surtout pas donner l'alerte. Winifrid glissa à Gaïg une grosse poignée de vanora au passage en lui demandant d'aller la donner aux chiens qui se réveillaient. Gaïg sentit la peur l'envahir instantanément : elle ne pourrait jamais se déplacer dans la clairière à la recherche des chiens. Mais Winifrid ne lui laissa pas le choix :

— *Ils sont dans l'enclos près de la plage,* chuchota-t-elle d'une voix douce mais impérative. *Tu ne risques rien toute seule. Il vaut mieux que Dikélédi reste ici. Longe le bois et tu y arriveras.*

Un autre aboiement se fit entendre et Winifrid poussa fermement Gaïg le long de la clairière, avant de se diriger vers le tonneau et la planche laissés par Mfuru. Loki était déjà en train de les escalader, ses sacs arrimés tant bien que mal sur le dos.

Gaïg pensa qu'elle aurait aimé être aussi à son aise que lui dans les aventures trépidantes qu'elle vivait depuis quelque temps. Malheureusement, elle avait toujours peur. Le fait qu'elle s'en soit sortie indemne jusqu'à ce jour ne la rassurait pas : elle se sentait comme un poisson hors de l'eau. Elle n'était à l'aise ni sur terre ni sous terre alors qu'en mer elle n'avait craint à aucun moment pour sa propre vie. Elle avançait doucement, cherchant du regard le fameux enclos à chevaux (pour quels chevaux ? où étaient passés ces derniers ?) et la plage.

Un léger miroitement lui indiqua la direction de la mer, et elle rassembla son courage pour s'acheminer vers l'enclos qu'elle ne voyait pas encore. Elle avait presque le nez dessus quand elle le découvrit, occupé par cinq molosses qu'elle jugea énormes. En réalité, bien que d'une taille respectable, ils n'étaient guère épais. L'un d'entre eux s'agita dans son sommeil, huma l'air alentour et se réveilla : il fit quelques pas autour de l'enclos et se mit à aboyer. Gaïg s'immobilisa, pétrifiée.

Au même moment, une porte s'ouvrit et un Homme sortit, un géant. Gaïg l'aperçut qui titubait vers un buisson sur lequel il se soulagea. Il lança un retentissant « Ta gueule, le cabot ! » avant de s'engouffrer dans la maison voisine. Un deuxième individu suivit peu après, exécutant les mêmes gestes. Gaïg plongea dans les fourrés et se tint aussi immobile qu'une pierre. Le calme qui régnait dans le camp disparut : les Hommes regagnaient leur domicile, apparemment dans un état d'ivresse avancée. Ils ne se donnaient même pas la peine de fermer leurs portes, assurés d'être les seuls maîtres de l'île.

Gaïg, terrifiée, n'osait plus respirer. Un autre chien s'était réveillé et avait joint ses aboiements à ceux du premier. Elle décréta pour se rassurer que les Hommes ne se poseraient pas de questions sur les jappements des chiens : des chiens qui aboient la nuit quand il y a du mouvement, c'était normal. Dans sa logique à elle, le silence se serait révélé plus inquiétant. Mais était-ce leur logique ? Comme cela lui procurait un prétexte pour attendre avant de se rapprocher de l'enclos, elle décida que oui.

Deux petites silhouettes apparurent dans l'encadrement de la porte, aussitôt couvertes par deux plus grandes. Gaïg comprit qu'on ramenait les Nains « de service » à leur masure et elle se tapit encore davantage dans son fourré. Un des Hommes revint en arrière et cria dans l'embrasure de la porte :

— Alors, Kodjo, c'est pour aujourd'hui ou pour demain ? Tu veux que je vienne te chercher ?

Une silhouette fluette se profila rapidement dans la lumière et rejoignit les Nains qui marchaient devant. Gaïg identifia immédiatement un enfant, et frémit : elle avait assez travaillé pour Jéhanne depuis son enfance pour savoir ce que la jeune personne devait endurer. Elle entendit qu'on dégageait les barres de bois de la porte des Nains, puis qu'on les replaçait un moment après.

Un des Hommes riait grassement, sans raison. Son compagnon le réprimanda :

— T'as encore trop bu, Crépin. T'es complètement soûl.

— Parce que t'as pas bu, peut-être, rétorqua celui qui s'appelait Crépin. T'es à sec, Raoul, oui!

Et il partit d'un nouvel éclat de rire tonitruant.

— Suis encore capable de tenir debout, moi. Et de raisonner. Mais où sont les cabots? Je les entends, mais ne les vois pas…

Gaïg se rendit alors compte que les cinq chiens donnaient de la voix.

— Si tu les entends, céquissonlà, articula péniblement Crépin. Zondû attraper quèquechose. Moi aussi, je peux raisonner, moooosieu Raoul!

— Ouais, t'as raison. Va cuver, maintenant.

Les deux Hommes se dirigèrent vers l'habitation qu'ils partageaient, et accomplirent le même rituel que leurs prédécesseurs avant de s'engouffrer dans la cabane. Gaïg ressentit un bref soulagement en sachant que tout le monde serait bientôt endormi et cela lui donna le courage de s'approcher de l'enclos et d'y lancer rapidement la vanora, sur laquelle les molosses se jetèrent immédiatement, sans s'occuper d'elle. Elle revint au pas de course là où elle avait laissé AtaEnsic et Dikélédi : il n'y avait personne.

— Par ici, Gaïg, l'appela la Licorne. On a dû se cacher davantage quand ils sont venus.

Gaïg les rejoignit, à moitié rassurée. Loki et Winifrid les retrouvèrent peu après. Le Pookah semblait sur le point de se trouver mal.

— Ça pue, là-dedans, lâcha-t-il en prenant une profonde inspiration. Ce n'est pas possible de traiter des Nains comme ça, ces gens-là méritent la mort.

— *C'est sans doute ce qui va arriver, malheureusement,* murmura Winifrid. *Les Nains seront sans pitié. Mais je les comprends…*

— Tu as vu dans quel état ils sont... commenta Loki. Ils n'ont que la peau sur les os. Et ceux qui sont amputés...

— Amputés? demanda Gaïg.

— *Ils y en a plusieurs qui n'ont qu'une seule main : on leur a coupé l'autre parce qu'ils ont essayé de voler de la nourriture,* expliqua Winifrid.

— Quelle horreur! s'exclama Gaïg à voix basse.

— Et ce n'est pas tout, ajouta Loki. Le père de Mfuru a les oreilles coupées, et il est aveugle. C'était un dur à cuire, lui, un vrai rebelle, fier et insoumis. Mais ils ont gagné. Il n'est en vie que pour jouer de la musique pour les autres, afin de leur donner du cœur à l'ouvrage.

— *Ils ont les pieds dans un état lamentable, avec ces anneaux de fer autour,* compléta Winifrid. *Ils nous ont expliqué que la clé de leur prison se trouve dans la cabane des deux ivrognes, Crépin et Raoul. On va tenter de la récupérer. Il y a des aliments dans la pièce où ils mangeaient : elle leur tient lieu de cuisine. AtaEnsic, il vaut mieux que tu restes là. Mais Gaïg et Dikélédi peuvent aller aux provisions pendant que nous volerons la clé. Faites attention, quand même ! On ouvrira la porte plus tard, quand les Hommes seront profondément endormis.*

Gaïg admirait la Dryade, et la facilité avec laquelle elle organisait les choses en attribuant un rôle à chacun. Pour sa part, elle était bien trop effrayée pour décider quoi que ce soit et elle ne pouvait qu'obéir. Et encore n'était-ce pas sans effroi… Elle attrapa Dikélédi par la main et se dirigea vers la masure qui tenait lieu de cuisine. La jeune Naine la suivit sans un mot : elle était épouvantée.

Gaïg demeura muette tout le temps que dura l'approvisionnement. Elle mit tout ce qu'elle trouva d'immédiatement consommable dans des sacs qu'elle rapporta près du tonneau qui supportait la planche. Dikélédi la suivait comme son ombre, accomplissant les mêmes gestes qu'elle, essayant de ne pas penser à ce qui se passerait si un des gardiens se réveillait. Elles firent plusieurs voyages, vidant les placards de tout ce qui pouvait se manger. Les sacs s'accumulaient au pied du tonneau.

Jamais Gaïg ou Dikélédi n'oserait grimper là-haut, mais Gaïg avait peur d'appeler Mfuru de crainte de réveiller les dormeurs.

Loki revint assez vite, brandissant victorieusement une clé, qu'il s'empressa de porter dans la masure des Nains captifs, toujours en passant par la fenêtre. Winifrid était allée amadouer les chiens : AtaEnsic expliqua que ce n'était qu'une expérience, un essai, mais que si ça marchait, les Nains n'auraient rien à redouter d'eux.

Ce fut Loki qui fit des allées et venues sur la planche installée par Mfuru pour monter la nourriture et la passer aux prisonniers. Il avait expliqué qu'il y avait des étagères contre les murs intérieurs, qui permettaient de descendre. La première était loin de la fenêtre et il fallait sauter d'assez haut pour l'atteindre. Ils utilisaient les suivantes comme une échelle.

Gaïg et Dikélédi restaient collées contre AtaEnsic, attendant la suite des événements. Cette dernière, en proie à une nervosité sans bornes, ne tenait pas en place. Les deux filles essayèrent vainement de la rassurer sur le sort de Mfuru. À la fin, elle avoua dans un sanglot :

— Je l'ai reconnu : c'est le dénommé Crépin qui a scié ma corne.

3

Gaïg frissonna. Décidément, ces Hommes ne reculaient devant rien pour assouvir leur désir de richesse. Elle se rappela la Licorne en furie, intraitable et majestueuse dans sa colère brute et craignit pour l'avenir. Comment tout cela se terminerait-il? Avec de tels adversaires, quel serait le prix à payer?

Winifrid vint les rejoindre. Gaïg sursauta en la découvrant accompagnée d'un des chiens, qu'elle tenait par le cou. Dikélédi se réfugia derrière AtaEnsic, peu désireuse d'affronter le cerbère.

— *C'est pour qu'il s'habitue à nous,* expliqua la Dryade. *J'amènerai les autres à tour de rôle pour qu'ils vous sentent et sachent que vous ne leur voulez pas de mal. Pas vrai, le toutou?*

Elle caressait l'animal sous le cou, sur le poitrail, entre les oreilles, sans aucune crainte.

Tout en le flattant, elle lui serinait une étrange mélodie, en lui donnant à renifler un objet que Gaïg n'identifia pas. Elle le conduisit tour à tour près de Gaïg, d'AtaEnsic et de Dikélédi. Le chien les flairait avidement, mais ne disait rien. Il semblait avoir perdu toute agressivité. Il s'agita un peu en reniflant Txabi, qui s'était réfugié une fois de plus sur la nuque de Gaïg. Le Salamandar disparaissait souvent pour un long moment, puis revenait faire un petit somme, lassé de ses explorations.

La même scène se répéta avec les quatre autres chiens et Gaïg osa même faire une caresse timide au dernier, un peu moins imposant que les autres. Les chiens n'en avaient pas spécialement après Dikélédi, bien qu'elle fût Naine : ils avaient avec elle la même attitude qu'avec les autres. Seule la présence de Txabi les excitait un peu. À la fin de chaque visite, Winifrid récompensa le chien présent avec un biscuit dérobé, dont chacun ne fit qu'une bouchée.

La nuit était bien avancée et des ronflements sonores émanaient des cabanes habitées par les hommes. Winifrid décida d'aller voir ce qui se passait chez les Nains et escalada l'échafaudage mis en place par Mfuru. Elle ressortit assez vite, suivie de Loki et Mfuru, tous les trois bouleversés. Deux Kikongos, maigres à faire peur, arrivèrent peu après.

— *Un des enfants est mort,* annonça tristement Winifrid. *De faim et d'épuisement.*

Gaïg sentit tout son corps se contracter. Tout cela finirait mal, très mal. Elle regarda les deux Kikongos : ils étaient sur leur garde, et inspectaient constamment les alentours. Leur visage était impénétrable, on n'y lisait aucun sentiment. Fallait-il qu'ils soient effrayés et traumatisés, pour avoir attendu tout ce temps pour ouvrir la porte! Ils n'avaient pas voulu prendre le moindre risque plus tôt, de peur qu'un des Hommes ne soit pas encore assez profondément endormi.

AtaEnsic murmura quelque chose à Mfuru qui lui répondit doucement dans le creux de l'oreille.

— On va ouvrir la porte? demanda un des Nains libérés.

— Je viens, répondit Mfuru, qui se leva en faisant une caresse à AtaEnsic.

Avec mille précautions, les trois Nains soulevèrent la première barre de bois qui condamnait la porte. Ils progressaient très lentement, déplaçant la barre de l'épaisseur d'un doigt chaque fois. Gaïg rejoignit Winifrid qui calmait les chiens : ces derniers se rendaient compte qu'il se passait quelque chose d'anormal et ne tenaient pas en place, laissant échapper un bref jappement de temps en temps. Gaïg décida qu'elle se montrerait plus utile en aidant à apaiser les chiens, qui l'effrayaient moins depuis leur passage avec la Dryade.

Elle entra dans l'enclos et commença à les caresser sur le poitrail et sur le cou, imitant Winifrid qui la remercia d'un sourire approbateur. Cette dernière continuait à chantonner pour les chiens. Gaïg surveillait les cabanes des gardiens bien plus que celle des Nains, tellement elle avait peur que l'un d'entre eux se réveille par hasard, ne serait-ce que pour satisfaire un besoin naturel. Elle retenait son souffle, à l'écoute du moindre bruit.

La deuxième barre enlevée et posée sur le sol à côté de la première, les Nains mirent presque autant de temps pour pousser les doubles battants de la porte : le moindre grincement pouvait être fatal.

Peu après, les habitants de la masure commencèrent à sortir. Gaïg fut horrifiée par les squelettes ambulants qui apparurent : ce n'était pas possible, ce n'était pas des Nains. Et pourtant…

Dans le plus grand silence, elle les vit se diriger vers l'entrée de la mine. « Quelle drôle d'idée! » pensa-t-elle, s'interrogeant sur leurs intentions. L'explication ne se fit pas attendre : quand ils ressortirent, ils étaient armés de pics et de barres à mine. Tous.

Les cheveux de Gaïg se dressèrent sur sa tête quand elle constata que les Nains s'acheminaient vers les habitations des Hommes et y pénétraient. Elle ferma les yeux, serrant très fort ses paupières. Mais elle ne put s'empêcher d'entendre. Tout alla très vite. Des coups sourds. Parfois un cri étouffé. Encore des coups. Les Nains frappaient avec toute la souffrance physique et morale accumulée pendant plus d'un siècle. Ils frappaient. Et frappaient encore.

Crépin, en sang, apparut sur le seuil et fit quelques pas dans la cour avant de s'écrouler lourdement sur le sol, suivi par un groupe de Nains dont faisait partie Mfuru.

Une tornade blanche surgit, hennissant de rage et de douleur. Gaïg ne put s'empêcher d'ouvrir les yeux. Une folie tapageuse et destructrice hantait AtaEnsic : elle ne s'appartenait plus. Mfuru dit simplement « Laissez-le-lui ». Les Nains, surpris, s'écartèrent.

La Licorne, debout sur ses pattes arrière, entama une danse sauvage autour de Crépin. Elle se cabrait et se laissait retomber, faisant trembler le sol chaque fois. Crépin, hagard, ne comprit pas tout de suite. Quand la lumière se fit dans son esprit, AtaEnsic commença à le piétiner avec ses sabots. À chaque cabrage, elle retombait sur lui, tout son poids concentré sur les sabots de devant. Crépin ne résista pas longtemps : très vite, il devint une bouillie sanglante de viscères et de muscles. Il fut littéralement écrabouillé.

Les Nains regardaient dans le plus grand silence, le visage toujours totalement dénué d'expression. Pas un ne fit un mouvement pour calmer AtaEnsic : tout en ignorant ce qui s'était passé entre cette belle jument blanche et le déchet d'humanité qui mouillait le sol de son sang, ils comprenaient qu'elle le haïsse. Ils étaient même solidaires de sa haine. On ne pouvait que haïr ce boucher humain, qui mutilait les Nains d'un coup de hache ou de couteau et donnait leur chair à manger aux chiens.

AtaEnsic écrasa tout. Elle pila, foula, broya, concassa, pulvérisa. L'abdomen, le thorax, les membres, la tête. Tout. Seuls les os lui résistèrent, encore qu'aucun d'entre eux ne demeurât entier après le traitement. La Licorne était rouge du sang de son ennemi. Elle ne s'arrêta que quand il ne resta plus rien sur le sol qui permît d'identifier l'individu Crépin. Elle se dirigea alors vers la mer pour se laver, suivie par Mfuru qui ne la lâchait pas d'une semelle, puis vint s'allonger près de l'enclos. Winifrid abandonna les chiens un moment et alla l'embrasser. Elle lui parla à l'oreille un instant. On entendait seulement la respiration de la Licorne.

Gaïg avait l'estomac au bord des lèvres. Elle n'en voulait pas à AtaEnsic, elle ne la jugeait pas, mais le spectacle avait été éprouvant. C'était donc cela, un Homme? Seulement cela? Ce mélange de chair et d'os, de mollesse et de dureté, baignant dans un liquide d'un beau rouge vif? Comment une créature si faible et si fragile pouvait-elle être capable d'une telle cruauté envers ses semblables? Elle ne pensait donc jamais que ce qu'elle faisait subir aux autres, d'autres pourraient le lui imposer un jour?

L'estomac de Gaïg se retourna à cause du nouveau tableau qui s'offrait à elle. Les Nains transportaient les déchets sanglants de leurs bourreaux dans le drap ensanglanté qui leur servirait de suaire et les jetaient à la mer. Aucun rite funéraire. « Et alors? se dit Gaïg. Ils n'ont que ce qu'ils méritent. Encore heureux s'ils n'empoisonnent pas les poissons… »

Il n'y avait pas un seul survivant parmi les Hommes. Un silence de mort régnait sur le campement. La nuit reculait, une aube blafarde se levait. Un groupe se dirigea vers la masure réservée à la cuisine, et commença à préparer un repas. Un autre groupe sortit un petit paquet de chiffons de la bâtisse qui servait de dortoir, et commença à creuser un trou à la limite de la forêt. On enterrait l'enfant mort.

Les autres Nains étaient affaissés sur le sol, par groupes, trop remués pour parler. La nuit avait été rude pour les nerfs. Ils étaient passés sans transition de l'enchaînement à la liberté et ils avaient besoin de temps pour assimiler les changements. Ils avaient mobilisé leurs dernières forces dans cette ultime chance de salut qui leur était offerte et ils étaient épuisés. L'énergie leur manquait maintenant qu'ils se retrouvaient délivrés, certes, mais le corps meurtri, couverts de plaies et de blessures autant physiques que morales.

Momentanément requinqués par le ravitaillement nocturne, ils avaient pu agir dans un état second, nécessité par l'urgence de la situation. C'était cette nuit-là ou jamais. Sans même se consulter, ils savaient dès le départ qu'ils ne feraient pas de quartier. Aucune pitié. Chacun avait perdu qui un enfant, qui un parent, qui un ami ou un être cher. Ils avaient tous été humiliés, maltraités, fouettés, certains avaient été mutilés. Pas une Naine n'avait échappé au viol. Mais aucun enfant né de ces accouplements forcés n'avait survécu : les Naines avaient refusé toute progéniture qui porterait en elle les gènes des tyrans. Chaque Kikongo abritait assez de haine et de colère en lui pour se sentir capable de tuer un des Hommes. Tous ensemble, ils avaient agi. Il n'y avait pas de coupable.

Ils avaient enfoui leurs « bons » sentiments pour mener à bien leur entreprise : frapper, frapper, et encore frapper. Dans l'immédiat, c'était tout ce qu'ils pouvaient faire, tout ce qu'ils devaient faire. Le souvenir d'un siècle de tourments et de supplices avait été leur moteur pendant cette tuerie qu'ils jugeaient légitime. Ils ne ressentaient aucun sentiment de lâcheté en attaquant par surprise et en mettant à mort ces Hommes endormis. La vie était faite de cycles, ce n'était qu'un retour des choses.

Généralement, les Nains étaient d'un naturel placide et pacifique. Mais ils étaient en mesure de se défendre quand la situation l'exigeait. Le visage impénétrable qu'ils avaient affiché en sortant de leur cabane s'humanisait petit à petit. Un sourire triste et évanescent errait parfois sur des lèvres sèches et ridées, le regard perdait quelquefois de sa vacuité, brièvement éclairé par un éclair de vie. La tension retombait tout doucement.

Mfuru avait amené son père près de l'enclos, à côté d'AtaEnsic. Le vieillard aveugle se déplaçait appuyé sur un bout de bois, les paupières closes. Il avait eu les yeux brûlés par un tison brandi par Crépin. À la place des oreilles, il avait deux trous : leur pavillon avait été sectionné d'un coup de couteau. Par Crépin.

Chaque Nain était occupé avec son propre corps à soigner. Le seul cas extrêmement urgent, l'enfant, était mort pendant la nuit. Les autres cas étaient seulement urgents, sans plus. Dorénavant, ils avaient le temps. Ceux qui avaient survécu étaient les plus résistants. Ils étaient tous aussi mal en point les uns que les autres, et dans leur esprit, se prendre personnellement en charge était le meilleur moyen de venir en aide à la communauté. En ne pesant pas les uns sur les autres, ils reprendraient des forces et reconstitueraient leur unité bien plus rapidement.

Winifrid et Gaïg avaient donné à manger aux chiens : c'était encore la meilleure méthode pour briser leur agressivité. Puis elles s'étaient jointes à Loki, Dikélédi et Mfuru qui allaient de l'un à l'autre, portant de l'eau, des plantes et des chiffons propres en guise de bandage pour nettoyer les plaies.

Petit à petit, en même temps que le jour se levait, les Nains commencèrent à parler.

D'abord doucement, par monosyllabes, au sein même de leur groupe. Puis on vit quelques-uns d'entre eux se déplacer. Certains pleuraient. De nervosité autant que de chagrin.

Le village revint totalement à la vie avec la distribution du repas. Une soupe épaisse et réconfortante, distribuée sans restriction, jusqu'à ce que tous se sentent repus. L'estomac plein, les langues se délièrent un peu plus.

Mfuru emmena son père à la mer, le lava avec soin, et lui mit des habits propres. En revenant, le « vieillard » marchait déjà plus droit, il avait gagné quelques centimètres et son visage avait changé.

— Nous avons besoin de retrouver notre dignité, dit-il. Le reste suivra. Merci à toi, mon fils.

La première journée s'écoula dans un calme de commencement du monde. Les Nains passèrent beaucoup de temps à se laver dans la mer. Après leur bain, ils se vêtirent avec les habits les plus présentables de leurs tortionnaires, n'hésitant pas à retrousser ou à couper jambes et manches.

Comme le soir tombait, Gaïg les vit faire un tas des paillasses qui leur servaient de lit et y mettre le feu. Ils y ajoutèrent les haillons qu'ils avaient quittés. Ils finirent par alimenter le brasier avec tout ce qui leur rappelait leur situation passée.

Ils incendièrent également la bâtisse misérable dans laquelle on les enchaînait pour dormir, et décidèrent de passer leur première nuit de liberté en plein air.

Tous se sentaient exténués, y compris Gaïg et ses compagnons.

4

Les jours suivants se passèrent dans le repos : autant les Nains pouvaient parfois se montrer passionnés et acharnés au travail, autant ils pouvaient rester à ne rien faire si les circonstances l'exigeaient. Leur objectif principal pendant les jours qui suivirent leur soulèvement et leur libération fut la récupération de leurs forces physiques.

Ils agissaient dans un état second, dicté par la biologie : ils étaient seulement occupés à satisfaire les besoins du corps. Il n'y avait pas d'emploi du temps, pas de descente à la mine, pas d'horaire à respecter. Ils cherchaient avant tout à se refaire une santé physique, qu'ils ne trouveraient qu'à travers le repos et la bonne nourriture.

Trop épuisés pour se lancer dans l'exploration de l'île – dont ils connaissaient déjà plus ou moins les recoins – ils accomplissaient le minimum de tâches nécessaires.

Ils soignaient consciencieusement leurs plaies, faisant très attention à juguler des infections purulentes qui ne demandaient qu'à se développer. Dans le passé, ils avaient vu la rapidité avec laquelle la gangrène s'installait et entraînait la mort par empoisonnement du sang.

Un grand soin était apporté à la préparation des repas, qui surprenaient par la quantité impressionnante de nourriture mise à la disposition de chacun. La famine avait sévi, et les Kikongos avaient l'impression qu'ils n'auraient plus jamais assez à manger pour oublier le temps du manque. Heureusement, l'île avait été récemment approvisionnée en denrées de toutes sortes, et les provisions ne manquaient pas.

Gaïg et les siens en savaient un peu plus maintenant sur le fonctionnement du camp. Les Hommes qui occupaient l'île et maintenaient les Nains dans cet état d'asservissement étaient à la solde d'autres Hommes plus riches et plus puissants qui habitaient les villes de la côte dans le pays de N'Dé. Un bateau chargé de vivres passait tous les deux mois récupérer l'or extrait du sous-sol par les Nains et en profitait pour renouveler les réserves de nourriture. Il était reparti il y avait une semaine de cela et les Nains disposaient donc d'un répit avant d'entrer en guerre à nouveau. Il était encore trop tôt pour savoir s'ils livreraient bataille ou s'ils tendraient un piège. Ils préféraient ne pas y penser, dans l'immédiat.

Ils racontaient leur vie à Gaïg et aux autres, comme s'ils voulaient exorciser leurs souffrances par la parole. Les détails les plus affreux relevaient du quotidien, et Gaïg se sentit plus d'une fois révoltée ou remplie de dégoût en entendant leur récit. Elle retirait de leurs témoignages une certaine aversion pour les Hommes – déjà qu'elle ne les aimait pas beaucoup, ayant davantage souffert à cause d'eux que l'inverse – et se réfugia souvent dans la mer, la gorge serrée, les larmes prêtes à couler.

L'île n'était pas déplaisante en soi et les baraquements avaient été construits dans une clairière qui donnait sur la plage, laquelle était équipée d'un débarcadère rudimentaire en bois. Gaïg ne perdait pas une occasion de se baigner, explorant ces fonds sous-marins nouveaux pour elle. Ce faisant, elle avait le secret espoir de rencontrer une des Sirènes qui les avaient amenés sur cette terre.

Elle se demanda à plusieurs reprises si les Sirènes savaient ce qui se passait sur l'île et si elles les y avaient conduits à dessein ou s'il ne s'agissait que d'une pure coïncidence : elles les avaient simplement remorqués jusqu'à la terre la plus proche.

Parfois, Kodjo et d'autres Naines se baignaient avec elle. Gaïg avait découvert que la silhouette fluette de la première nuit était une fille et elle avait sympathisé avec elle. Mais elle était toujours étonnée de la facilité avec laquelle toutes les Naines entraient dans l'eau, passant leur temps à se laver et se frotter avec du sable jusqu'à s'égratigner la peau.

Kodjo prétendait que c'était pour se purger et pour se purifier : elle voulait aider son corps à se débarrasser de ses souillures. Par la suite, elle confia à Gaïg que toutes les Naines avaient été violées de multiples fois par les Hommes du camp. Elles se sentaient salies, souillées, profanées par ce geste infâme, même si elles n'en étaient aucunement responsables. Le désir de se laver était plus fort qu'elles, c'était une façon symbolique d'effacer l'humiliation, de conjurer un passé abject et d'évacuer la douleur.

De nombreuses Naines avaient dû étouffer leurs sentiments maternels et s'incliner devant la volonté commune de ne garder aucune trace de ces faits odieux. La raison dictait des actes auxquels on souscrivait intellectuellement, mais la blessure demeurait. Après, il fallait cicatriser. Le bain aidait à guérir les plaies.

La crainte immémoriale qu'éprouvaient les Nains envers l'eau n'habitait plus les Kikongos : ils avaient eu le temps d'apprivoiser cet élément par la force des choses, sur le bateau ou sur l'île. Les Naines expliquaient à Gaïg que les Kikongos ne seraient peut-être jamais de grands marins, mais qu'ils sauraient naviguer sur un bateau le jour où les circonstances le réclameraient. Elles n'en disaient pas plus, mais Gaïg comprenait que tôt ou tard, les Nains quitteraient cette île, porteuse de trop mauvais souvenirs.

Gaïg entendait chaque jour de multiples récits remplis d'horreur. Une fois, elle eut droit à l'histoire de Do, le père de Mfuru, qui avait été promu grand prêtre par WaNgolo lui-même, quand celui-ci avait senti venir sa fin. La transmission des savoirs et des pouvoirs d'un grand prêtre s'étendait d'habitude sur de longues années. Le grand prêtre en activité choisissait, vers le milieu de sa vie, aux environs de quatre cents ou de quatre cent cinquante ans, un jeune Nain d'une soixantaine d'années. Il le formait jusqu'à sa propre mort, moment auquel le nouveau grand prêtre était intronisé.

C'était un certain Mahou qui aurait dû succéder à WaNgolo et devenir WaNmahou.

Mais Mahou avait l'âme d'un rebelle, et refusait de se soumettre aux ordres des Hommes. La première fois qu'il avait été surpris en train de voler de la nourriture, il avait été amputé d'une main. À la deuxième tentative, on lui avait tranché l'autre main, et on l'avait attaché à un poteau pour attendre la mort : sans mains, il ne pouvait plus travailler, et était devenu inutile.

Mahou avait agonisé pendant des heures : aucun Nain n'avait le droit de l'approcher. Ils avaient tous été obligés de descendre dans la mine après cette scène, qui s'était passée le matin. Le soir, ses compagnons l'avaient revu, toujours en vie. Ses souffrances se seraient sans doute prolongées pendant des jours si WaNgolo ne l'avait aidé à mourir dans la soirée : se faisant volontairement poursuivre par les chiens en furie et courant de façon désordonnée dans la clairière, il avait buté comme par mégarde sur Mahou, lui enfonçant dans la bouche un champignon vénéneux récolté en bordure de forêt. Mahou avait compris : au lieu de recracher, il avait mastiqué et avalé.

L'agonie par empoisonnement avait été violente et douloureuse, mais courte. Pendant deux heures, Mahou avait été victime d'hallucinations tour à tour plaisantes ou effrayantes, avant de passer de vie à trépas.

WaNgolo s'en sortait avec plusieurs morsures de chiens, mais les Hommes avaient été dupes : il n'y avait pas eu de retombées. La déception s'était lue sur leurs visages quand ils s'étaient aperçus que Mahou avait succombé aussi « rapidement », mais ils n'avaient pas soupçonné WaNgolo, fort occupé à faire saigner ses morsures.

À la suite de quoi, WaNgolo avait dû prendre une décision concernant sa succession et son choix s'était porté sur Do, encore entier à l'époque. Ce dernier, bien que dans la force de l'âge, n'était plus de première jeunesse : il avait presque atteint les trois cents ans mais le temps pressait. Les jeunes n'étaient pas plus à l'abri que leurs aînés et Do possédait déjà un savoir dicté par l'expérience, que n'aurait pas un sexagénaire naïf et inexpérimenté.

WaNgolo ignorait alors que ses jours étaient comptés et que sa fin était proche. Les symptômes de la rage s'étaient manifestés chez un des chiens qui l'avaient mordu dans les jours qui avaient suivi : on l'avait abattu. Il n'avait fallu qu'un mois pour que le grand prêtre des Kikongos soit fixé sur sa propre contamination. Ensuite, les choses étaient allées très vite. Les Hommes, ayant compris que le chien enragé avait eu le temps de propager son microbe, avaient craint la contagion.

Ils avaient alors tué WaNgolo, en proie aux premières hallucinations de la maladie, non pour abréger ses souffrances, mais pour éviter l'épidémie.

C'est ainsi que Do était devenu WaNdo, sans y avoir vraiment été préparé. Ne possédant pas le savoir de WaNgolo et la capacité de détachement donnée par l'âge et par la connaissance, il était encore très impulsif, bouillant de la même rage que ses congénères. Il l'avait payé cher.

Un jour, il avait osé traiter les Hommes d'affameurs, alléguant qu'ils ne nourrissaient pas mieux leurs chiens que les Nains.

— Tu penses donc que les chiens ont faim? avait demandé Crépin sur un ton doucereux. Il faudrait leur donner à manger?

— Oui, et ça leur éviterait peut-être de vouloir bouffer du Nain! avait rétorqué WaNdo avec une insolence non dissimulée.

— Mais c'est bon, le Nain! Ils aiment ça!

En moins de deux, Crépin avait jeté WaNdo sur le sol, s'était agenouillé sur lui, l'immobilisant entre ses puissantes cuisses et il lui avait tranché le pavillon des deux oreilles.

— Regarde, ils mangent, ces chiens! Ils aiment ça, le Nain! avait-il claironné en lançant les oreilles de WaNdo aux chiens, qui les avaient dévorées.

Même ses comparses avaient été choqués.

— T'es encore soûl, Crépin, avait jeté Raoul. Allez, viens te coucher.

— Tu abîmes le matériel, avait plaisanté un autre, dénommé Renart.

S'en était suivie une bagarre entre les Hommes, de laquelle Crépin, vexé à mort, était sorti avec deux dents en moins. Comme il était fou furieux et continuait à se battre, ses camarades l'avaient assommé et transporté dans son lit.

De ce jour, à cause des deux dents perdues, la haine de Crépin envers les Nains s'était accentuée, en se cristallisant sur WaNdo dont il avait fait son souffre-douleur.

La suite de l'histoire de WaNdo relevait du même registre, celui de l'infamie et du crime atroce.

L'alcool, bien qu'interdit sur l'île, faisait des ravages. Les Hommes s'en procuraient en soudoyant les marins qui les ravitaillaient. Crépin était le plus riche, celui qui se faisait débarquer trois ou quatre tonnelets quand les autres n'en recevaient qu'un seul. Comme il partageait volontiers sa boisson lorsque les réserves particulières étaient épuisées, personne ne se posait de questions sur l'origine de sa richesse. Jusqu'à ce que WaNdo découvre qu'il détournait à son profit une partie de la récolte aurifère des Nains.

Le jeune grand prêtre avait été de service ce soir-là pour le repas des hommes, et avait dû rester un peu plus tard pour nettoyer le sol des vomissures rejetées par un des Hommes, ivre. Les deux autres Nains avaient été raccompagnés à la cabane commune et enchaînés. Le sort, Crépin en l'occurrence, avait désigné WaNdo pour la tâche rebutante du lessivage de vomi. Le grand prêtre, seul avec la brute, lavait le sol de son mieux, attentif à ne pas provoquer sa colère, toujours prompte à se réveiller.

En quittant la cuisine avec le Nain, Crépin, dans un état d'ivresse avancé, avait glissé sur le sol mouillé. Une pépite était tombée de la poche intérieure de son gilet. Il l'avait ramassée avec une vivacité proche de l'éclair, surprenante chez quelqu'un pris de boisson à ce point-là. WaNdo n'avait pas eu le temps de détourner les yeux : Crépin avait vu qu'il avait remarqué. Et qu'il avait compris.

L'or récolté par les Nains était immédiatement récupéré et mis dans un sac, avant d'être pesé. Toutes les opérations étaient soigneusement surveillées. Aucun Homme n'avait de raison valable de détenir de l'or sur lui, dans sa poche. Surtout en ayant l'air de vouloir dissimuler ce fait, comme c'était le cas pour Crépin.

WaNdo n'était même pas surpris : Crépin était capable des pires agissements. Qu'il détournât une partie de la récolte constituait une malversation qui n'avait en soi rien d'étonnant, dans ce milieu d'exploiteurs dénués de morale, baigné par l'alcool. Mais WaNdo n'avait pas saisi tout de suite qu'il devenait un dénonciateur en puissance, qui pourrait desservir Crépin auprès de ses camarades. Crépin, dégrisé, avait juré entre ses dents, attrapé un tison rougeoyant dans le feu et l'avait approché très près des yeux de WaNdo. Ce dernier avait reculé jusqu'à se retrouver dos au mur.

— T'as rien vu, le Nain! Compris? RIEN vu! Si tu parles, tu meurs!

Crépin, les dents serrées, les yeux fous, maintenait WaNdo acculé contre le mur avec son tison qu'il rapprochait dangereusement. Sous l'effet de la chaleur dégagée par le bout incandescent, WaNdo avait hurlé de douleur. Crépin, fou d'une rage qu'il ne contrôlait pas, avait encore rapproché le tison. Il l'aurait sans doute collé sur le visage de WaNdo, si Renart, sorti par hasard de sa cabane pour se soulager, n'avait accouru en entendant les cris.

— Mais t'es fou, Crépin! Ça suffit, maintenant. Arrête. Si tu les abîmes tous, qui va travailler?

Crépin avait dû fournir un effort monumental sur lui-même pour baisser le bras, ramené à la raison par le dernier argument. WaNdo s'était laissé glisser sur le sol, dos au mur, geignant de douleur, les mains sur les yeux : il ne voyait que du rouge.

Il avait senti qu'on l'attrapait sous un bras et qu'on le ramenait à la cabane des Nains. Cette nuit-là, on ne l'avait pas enchaîné, mais il aurait été bien en peine de tenter une évasion.

Par la suite, il n'avait jamais recouvré la vue. Les Hommes avaient décidé de le tuer, puisqu'il ne servirait plus à rien. Mais Renart, de façon totalement inattendue, avait plaidé sa cause : WaNdo pouvait chanter pour donner du cœur à l'ouvrage aux autres Nains. Ça n'apporterait rien de le tuer, et ce n'était pas ce qu'il mangerait qui épuiserait les réserves. Crépin avait commis assez de crimes comme ça, il était temps d'arrêter.

Les autres Hommes n'avaient accepté qu'à la condition de supprimer la maigre ration alimentaire de WaNdo. Les Nains n'auraient qu'à le nourrir sur leurs propres portions, pourtant déjà si congrues. Renart n'avait pas pu négocier, et il avait été contraint de s'incliner. Parfois, quand les autres étaient ivres morts, il lui arrivait de donner à manger à WaNdo.

5

WaNguira était inquiet. Il n'était pas le seul. Keyah, Afo, Kalenda, Babah et Témidayo, partis à la recherche de Gaïg et Dikélédi, auraient dû être de retour depuis cinq jours déjà. Rien n'expliquait leur retard. Ce n'était pourtant pas si loin, la galerie de Sémah et les premiers contreforts montagneux de Sangoulé. Qu'est-ce qui les retardait?

Déjà que la situation n'était pas brillante avec les Gnahorés… Les cinq émissaires envoyés par Mukutu étaient revenus la veille, donc assez rapidement, accompagnés de deux Gnahorés seulement. WaNkoké, leur grand prêtre et Abomé, leur chef, n'avaient pas daigné se déplacer en personne : ils avaient délégué des « représentants », ce qui avait agacé les Nains. Depuis quand se faisait-on « représenter » par un autre? On était présent ou on était absent, c'était tout : personne ne pouvait prendre la place de personne et décider en son nom.

Décidément, les Gnahorés adoptaient de plus en plus les manières incompréhensibles des Hommes... Les Lisimbahs, comme les Pongwas et les Affés, étaient déconcertés par cette façon d'agir, qui ne répondait pas à la logique implacable de la présence et de l'absence. Comment pouvait-on être là tout en n'y étant pas ? En se faisant « représenter », avaient expliqué les deux porte-parole d'un ton las. WaNkoké avait envoyé son successeur présumé, celui qui serait un jour WaNétibako, mais qui, pour le moment, n'était encore qu'Étibako tout court, un jeune bicentenaire timide et emprunté, plutôt taciturne.

Ce dernier, s'exprimant au nom de son grand prêtre, avait déclaré que rien ne pressait tant qu'on n'était pas « sûr ». Il faisait bien évidemment allusion à Gaïg et à la prophétie. WaNguira s'était senti profondément vexé. Il était plus ancien que WaNkoké, et mettre en doute ses paroles constituait une insulte. D'autant plus que rien n'avait été gardé secret : tout le monde connaissait l'histoire de Gaïg et de Nihassah, et elle avait été fidèlement rapportée aux Nains de la côte.

Le doute émis par WaNkoké était d'autant plus vexant qu'Abomé n'avait guère fait mieux de son côté. Oui, certes, les Nains pouvaient venir habiter dans les collines de Koulibaly : il ne serait pas dit qu'il laisserait ses « frères » dans le besoin.

Mais les relations avec les Hommes étaient extrêmement délicates, il fallait faire preuve de diplomatie et de savoir-vivre, leurs mœurs étaient complexes et subtiles, et ils se révélaient très sensibles à la différence. Ils s'habituaient tout juste à la présence des Gnahorés dans certaines villes. Ces derniers avaient complètement abandonné l'habitat des collines. Mais même si celles-ci étaient vides, il n'était pas certain que ce fût une bonne idée. Les Hommes commençaient seulement à ne plus appeler les Nains les Taupes fouisseuses, ou les Vers de terre, et ce serait dommage de leur rappeler ce passé souterrain, que les Gnahorés n'appréciaient plus de toute façon : la vie au grand air était plus saine et plus distrayante.

Les Lisimbahs, les Pongwas et les Affés seraient accueillis, bien sûr, s'ils n'avaient nulle part où aller. *S'ils n'avaient nulle part où aller…* Néanmoins, il n'était pas bon d'arriver en trop grand nombre, afin que les Hommes ne se sentent pas brutalement envahis. Et tôt ou tard, il faudrait qu'ils s'habituent à vivre dans des maisons, en ville.

Les Gnahorés s'étaient battus pour accéder à un certain rang dans la société des Hommes, ce serait dommage de tout gâcher avec des pratiques rudes et ancestrales. Ou alors, si leurs « frères » acceptaient de demeurer cachés dans les cavernes des collines, les Gnahorés les approvisionneraient sans problème : ce n'était pas l'argent qui faisait défaut. Dans un premier temps, on s'occuperait d'eux, en veillant à ce que rien ne manque.

Par la suite, les « frères » pourraient travailler pour eux et rembourser leur dette : les bijoux nains étaient fort appréciés des Hommes et connaissaient un véritable engouement dans les villes. Heureusement, l'or ne manquait pas sur le marché, il y avait des exploitations aurifères dans les îles du sud.

Si vraiment *aucune autre solution* n'était envisageable, les « frères » des Gnahorés pouvaient entreprendre un énième exode vers les collines de Koulibaly. Le terme « frère » avait été répété tellement souvent dans la conversation que Mukutu avait demandé si les « sœurs » étaient comprises dans la réponse. Mossi, premier-né et représentant d'Abomé, s'était renfrogné le temps d'un éclair, avant d'afficher de nouveau son masque jovial et diplomate, riant de la finesse de la plaisanterie : le « frère » Mukutu avait toujours le mot pour rire! Bien sûr que les « sœurs » étaient incluses, leurs épouses se feraient un plaisir de leur montrer comment se vêtir, se chausser et se coiffer pour paraître plus grandes.

Les Naines de Nsaï étaient demeurées muettes de stupeur : elles s'étaient mutuellement regardées, cherchant ce qui, dans leur tenue traditionnelle, devait être modifié. Tchitala avait pouffé en montrant discrètement à ses compagnes les chaussures à hauts talons de Mossi. Elle avait enchaîné en défaisant les tresses serrées à même le crâne de ses cheveux crépus et en les ébouriffant vers le haut, histoire de gagner quelques centimètres. Ensuite, cachée par ses compagnes, elle s'était dandinée sur la pointe des pieds en remuant des hanches et en faisant des mines, à l'instar de Mossi qui paradait dans sa tenue chamarrée, éventail à la main. Tchitala s'était contentée d'une feuille de chou sauvage en guise d'éventail, mais la caricature était tellement grotesque qu'une onde de rire avait parcouru le groupe des femmes sans que les hommes pussent avoir la moindre explication sur la raison de cette hilarité.

Mukutu, Mongo et Séméni bouillaient intérieurement. Ils n'étaient pas dupes des chatteries de Mossi et de ses réponses onctueuses et circonspectes. Ils comprenaient que leur présence était indésirable et cela ne faisait que renforcer leur résolution d'aller coloniser les collines, d'autant plus qu'elles étaient vides maintenant : ils ne gêneraient donc personne. Sans même se consulter, ils avaient arrêté leur décision, pour eux et pour leur peuple. Puis un rapide et discret échange de regards les avait confortés dans leur unité. Mongo, plus diplomate que Mukutu, avait pris la parole, s'adressant aux Nains réfugiés de Nsaï avec force circonvolutions oratoires, digne en cela de son interlocuteur gnahoré :

— Grâce à la grande noblesse d'âme de nos augustes frères, nous ne sommes plus de pitoyables errants, des sans domicile fixe, indigents et miséreux. Nos frères, ces seigneurs sublimes, ont l'extrême obligeance de laisser à notre humble disposition les collines qu'ils n'habitent plus, et nous en profiterons. Qu'ils soient bénis pour leur immense générosité et que Mama Mandombé, notre Déesse Magnifique, les comble de ses bienfaits.

Séméni avait continué, sur le même ton :

— Ce serait indigne de nous autres, viles Taupes fouisseuses ou Vers de terre rampants, d'être à la charge de l'Illustre Abomé et des siens, alors qu'ils font preuve d'une telle magnanimité. Nous travaillerons et nous apprendrons à commercer avec les Hommes, suivant en cela leur édifiant exemple. Nous maîtrisons le travail des métaux, de tous les métaux, et nous vendrons directement nos produits aux Hommes. Il n'est plus question d'importer nos nobles frères en leur demandant de servir d'intermédiaires. Les plus beaux bijoux seront sertis dans nos ateliers, les meilleurs outils seront façonnés dans nos forges. Les Hommes se presseront à la porte de nos cavernes pour passer commande, et il y aura des listes d'attente pour le moindre objet. Les prix monteront, et nous deviendrons aussi riches que l'Illustrissime Abomé 1er, chef fameux des glorieux Gnahorés!

Mossi, bien qu'il affichât un sourire d'une quarantaine de dents, pâlissait sous ses poudres, face à cette concurrence future qui ne se dissimulait même pas. Mukutu, ne voulant pas être en reste, s'essaya lui aussi à la prise de parole :

— M'est avis qu'on a trouvé où s'loger! Et sans payer d'loyer en plus! Allez, les deux « Gnas », on vous invite à croûter pour fêter ça!

Mossi avala sa salive de travers en s'entendant traiter de « Gna », Étibako rentra la tête dans les épaules, et, à défaut de dignité, se drapa dans sa toge de voyageur. Ils se consultèrent un moment et finirent par décliner l'invitation, pressés qu'ils étaient de rapporter aux leurs « les résultats stupéfiants de cette entrevue d'un grand intérêt commercial ». Personne n'insista pour les faire rester mais on leur fit don de force provisions pour la route, en remerciement de leur générosité.

WaNguira avait à peine parlé avec Étibako, une fois qu'il avait reçu le message de son maître. Il l'avait laissé aux bons soins de WaNtumba et de WaNdéné, ne désirant pas envenimer la situation. Les données avaient changé : s'il faisait valoir son rang et que les « Gnas » – Mukutu avait eu bien raison de les dénommer ainsi – ne le reconnaissaient pas, il risquait le ridicule. Il n'allait pas se battre pour un titre, il n'avait rien à prouver à ces marionnettes en perte d'identité qui singeaient les Hommes pour se valoriser.

Il valait mieux garder son énergie pour organiser l'avenir. Mais pourquoi Babah et les autres ne revenaient-ils pas ? Est-ce qu'ils n'avaient pas retrouvé Gaïg et Dikélédi ? Les Salamandars les auraient-elles gardées en otage ? Cela ne concordait pas avec les dires des deux Dryades. Mais jusqu'à quel point pouvait-on se fier à ces créatures trop intelligentes ? Elles n'étaient même pas intéressées par les ressources fabuleuses du sous-sol, alors qu'elles pouvaient aller partout : elles étaient capables d'approcher la roche liquide et de marcher dessus…

Cette pensée ramena WaNguira au trésor des Lisimbahs entreposé dans la caverne de Ntangu. Si on devait partir vers les collines, il faudrait songer à le récupérer. Encore un souci en perspective, avec Ihou dans les parages. Mais WaNguira connaissait les siens : ils n'abandonneraient pas leur trésor, accumulé au fil des générations, et représentant une fortune incommensurable. De toute façon, ils en auraient besoin, s'ils voulaient survivre dans les villes de la côte où tout relevait du commerce, de la richesse, et du rang social octroyé par cette dernière. Mais l'opération de récupération serait difficile. Très difficile.

Les Nains discutaient avidement des derniers événements, en mimant Mossi, et WaNguira s'éloigna en soupirant : il avait besoin d'être seul pour réfléchir. Il disparut rapidement sous les arbres.

Il était de son devoir de grand prêtre de proposer une solution, ou même plusieurs, mais il n'en voyait aucune. Les Nains ne pourraient attendre Babah et ses compagnons pendant une éternité en bordure de forêt, alors qu'un territoire avait été mis à leur disposition, même à contrecœur. WaNguira n'émettait aucun doute sur le fait que les habitants de la forêt devaient déjà connaître les moindres détails de l'entrevue avec les « représentants » des Gnahorés, non, des « Gnas »!

Le départ des Nains pour les collines était donc proche. Babah et les siens devineraient quelle direction ils avaient prise. WaNguira pouvait également charger les Dryades d'un message pour eux. En ce qui concernait le trésor…

WaNguira s'assit, pensif, au pied d'un chêne centenaire, et sursauta quand une de ses racines se mit en mouvement et lui adressa la parole.

— Bonjour, grand prêtre. Vous avez l'air bien soucieux!

WaNguira mit un moment avant de se ressaisir. Il était impressionné par la taille du Salamandar, et par la beauté qui s'en dégageait, maintenant qu'il retrouvait ses couleurs naturelles, noir tacheté de jaune. Le mimétisme avait été parfait puisque le grand prêtre n'avait rien remarqué, quant à la présence d'une racine différente des autres.

— Je suis Patxi.

Une deuxième racine s'anima, sous le regard interloqué du grand prêtre.

— Bonjour. Je suis Maïalen.

WaNguira se demanda combien il y avait de Salamandars ainsi dissimulés dans les racines apparemment innocentes de ce chêne plus que centenaire.

— Il n'y a que nous deux, fit Patxi.

WaNguira eut envie de hurler, tant pour se venger de la finesse d'esprit de ce Salamandar qui devinait tout, que pour évacuer les tensions accumulées. Il s'imaginait, lui le grand prêtre, lancé dans une danse sauvage et hystérique, digne d'AtaEnsic, hurlant et hennissant à la face des deux Salamandars ahuris.

Patxi et Maïalen sourirent, comme s'ils partageaient sa vision. WaNguira se reprit, mortifié : d'habitude, c'était lui qui lisait dans l'esprit des autres…

Il voulut reprendre le contrôle de la conversation.

— Savez-vous où sont Gaïg et Dikélédi?

Les deux Salamandars eurent l'air étonnés. Trop étonnés, selon WaNguira.

— Je les ai laissées à la sortie de la galerie de Sémah, avec le Pookah et la Dryade, expliqua celui qui s'appelait Patxi. Il y avait un Nain et une Licorne qui les attendaient à l'extérieur.

— Gaïg est guérie, nous avons cautérisé sa plaie, ajouta Maïalen.

— Et depuis?

— Depuis? interrogea Patxi, faisant mine de ne pas comprendre où WaNguira voulait en venir.

« Qui croit-il tromper? » se demanda WaNguira, tous les sens en éveil.

— Nous ne savons pas ce qu'elles sont devenues, déclara Maïalen. Elles doivent être sur le chemin du retour.

— Nous essaierons de nous renseigner, proposa Patxi, trop gentil pour être honnête, se dit WaNguira.

— Merci, nous vous serions reconnaissants si nous pouvions avoir de leurs nouvelles, répondit-il d'un ton qu'il aurait désiré plus neutre.

WaNguira se demandait ce que les Salamandars lui voulaient. D'habitude, ils fuyaient les Nains. Et si ce n'était pas Gaïg l'enjeu de leur approche, que désiraient-ils?

— Nous voulions vous proposer notre aide, lâcha Patxi en réponse à sa question non formulée.

WaNguira était stupéfait :

— Votre aide? Pour quoi?

— Votre trésor. Vous voulez le récupérer, non?

Le sang de WaNguira ne fit qu'un tour. Son esprit fonctionna à la vitesse de l'éclair.

Les Salamandars dans les monts d'Oko. Ihou. Évidemment. Les Maîtres du feu… Celui qui craignait la lumière… Ensemble dans les monts d'Oko… Tout s'expliquait. Le hasard n'y était pour rien, le volcanisme, un prétexte tout trouvé. Les Salamandars avaient envoyé Ihou en avant pour dégager le terrain… Une bouffée de colère noire envahit WaNguira.

— Nous pouvons aller chercher votre trésor pour vous, fit Patxi avec un calme plein de suavité. Nous savons qu'Ihou se promène dans le coin.

WaNguira avait envie d'exploser. Ces créatures démoniaques avaient récupéré Sangoulé et ça ne leur suffisait pas. Elles voulaient les monts d'Oko et pour ce faire, elles avaient utilisé Ihou. Et maintenant, elles allaient se livrer à un chantage redoutable avec leur trésor. Quel serait le prix à payer?

Patxi et Maïalen ne disaient mot, un regard angélique et ingénu fixé sur WaNguira qui avait l'impression qu'ils lisaient à livre ouvert dans ses pensées. De toute façon, les Nains n'avaient plus le choix. Ihou dans les galeries, avec les Salamandars à l'arrière-plan, c'était la mort assurée.

— Que voulez-vous en échange? murmura WaNguira, s'attendant au pire.

— Mais… Rien! répondirent d'une même voix les deux Salamandars, le visage empreint d'une infinie pureté.

WaNguira ne comprenait plus. Il sentit qu'il avait du mal à respirer.

— Nous le transporterons pour vous à l'entrée de la galerie, précisa Patxi. Vous n'aurez qu'à venir l'y chercher dans les jours à venir.

WaNguira lisait de l'amusement dans son regard.

6

— Winifrid se promène avec ses fiancés!

C'était Dikélédi, hilare, qui s'adressait à Gaïg, attirant son attention sur la Dryade accompagnée des cinq chiens. Depuis la nuit du soulèvement des Nains, les molosses s'étaient attachés aux pas de Winifrid et ne la lâchaient pas d'une semelle. Gaïg sourit :

— C'est drôle, quand même. Elle ne peut plus se déplacer toute seule. Ils la suivent tout le temps.

— Au moins, ils n'attaquent plus les Nains. Ils sont énormes, maintenant qu'ils ont à manger...

— Même s'ils dorment, ils se réveillent pour aller avec elle. Comment ça se fait?

— Moi je sais, intervint AtaEnsic, allongée nonchalamment non loin.

— Alors raconte! firent Gaïg et Dikélédi ensemble.

— Vous n'avez pas remarqué qu'elle chantonne tout le temps? C'est une ballade en ancien sawyl. Elle s'intitule *Le pacte des loups*.

AtaEnsic s'arrêta, mais Gaïg et Dikélédi attendaient la suite, suspendues aux lèvres de la Licorne.

— Ce n'est qu'une légende, bien sûr, reprit AtaEnsic du ton de quelqu'un qui voulait laisser entendre le contraire. Au commencement du monde, il y avait les chênes. Et leurs Dryades. Et les loups. Les loups mangeaient les Dryades, et les chênes mouraient. Jusqu'à ce que les chênes fassent un pacte avec les loups : s'ils acceptaient, par la magie des chênes, de devenir des chiens, ils n'auraient plus jamais faim, parce que les hommes les nourriraient. Ils ne mangeraient donc plus de Dryades. Effectivement, ceux qui ont accepté de se laisser transformer en chien ont été adoptés par l'homme. Et n'ont plus jamais eu faim. De ce fait, les chiens sont très reconnaissants aux chênes de ne plus être des loups, tenus de chasser pour se nourrir. Mais quand les hommes ne nourrissent pas les chiens, leur nature de loup ressort davantage, et ils attaquent. Il faut alors leur rappeler qu'ils sont des chiens et les nourrir. C'est ce que fait Winifrid en leur chantant la ballade du *Pacte des loups* et en les nourrissant. Et elle leur fait flairer le gland de Walig pour mieux les convaincre.

Gaïg était subjuguée et écoutait de toutes ses oreilles.

— Mais les loups mangent toujours les Dryades? demanda-t-elle.

— Il n'y a pas de loups dans la forêt de Nsaï, expliqua la Licorne.

— Tiens, c'est vrai… constata Dikélédi.

— Winifrid est donc en danger quand elle sort de la forêt? insista Gaïg.

— Je ne sais pas si les loups l'attaqueraient encore : c'est une vieille histoire. Mais on est toujours un peu plus en danger quand on quitte son milieu naturel…

— Comme Loki, qui n'aurait pas dû sortir de Nsaï, conclut Dikélédi.

— Sauf que Loki n'est pas en danger, corrigea Gaïg. C'est lui le danger…

Toutes les trois éclatèrent de rire. Comme il semblait loin, le temps de la peur et de la détresse! Les habitants de l'île connaissaient un répit et s'abandonnaient momentanément à une certaine douceur de vivre. Les Nains pansaient leurs plaies, dont certaines avaient déjà cicatrisé. Loki et Txabi se livraient à une exploration effrénée de l'île, visitant ses moindres recoins. Mfuru rattrapait toutes les années perdues avec son père et partageait son temps entre AtaEnsic et lui. Le plus souvent, il évoluait avec les deux.

De ce fait, WaNdo était avec le groupe de Gaïg la plupart du temps et il semblait éprouver un vif intérêt pour cette dernière. Il lui posait de multiples questions sur elle-même, sur ses origines, sur son itinéraire dans la vie, auxquelles Gaïg était bien incapable de répondre. Les compagnons de Gaïg avaient une lignée familiale toute tracée derrière eux, qui expliquait leur provenance. Gaïg n'avait pas cette chance et ne pouvait pas remonter plus loin qu'elle-même dans le temps.

WaNdo ne pouvait expliquer ni pourquoi elle l'intriguait ni pourquoi il se sentait attiré par elle. Il se dégageait d'elle, de sa personnalité, une énergie étrange et ambiguë. Le vieillard, de par sa cécité, avait développé d'autres formes de perception qui échappaient à la raison. Il sentait que quelque chose de spécial émanait d'elle, sans pouvoir préciser quoi. Il avait interrogé Mfuru, mais ce dernier n'avait pas pu le renseigner : il en savait si peu lui-même !

— C'est drôle, elle dégage les mêmes vibrations que le Nyanga, avait fait remarquer le grand prêtre aveugle.

— Ce n'est pas elle, Pépé Do, c'est sa bague, avait révélé Mfuru. Elle porte une drôle de bague en Nyanga, faite de deux anneaux emmêlés.

— C'est donc ça! Et bien sûr, tu ne sais pas d'où elle la tient…

— Comment le saurais-je, Pépé Do? Je ne peux pas lui poser la question, quand même! Mon père serait furieux si je me montrais aussi grossier!

— Je le lui demanderai, moi!

— Tu oseras? s'était exclamé Mfuru, un peu choqué.

— Oui, parfaitement! Elle a quelque chose d'insolite, cette petite. Et comme elle n'est pas Naine, les règles de vie des Nains ne s'appliquent pas à elle!

C'est ainsi que WaNdo s'était attaché tant bien que mal aux pas de Gaïg, attendant le moment propice pour poser sa question. Sa cécité le gênait pour se déplacer, mais comme Gaïg passait la plupart de son temps dans la mer, il n'avait généralement pas trop de mal à la localiser. Il se postait sur la plage ou sur le débarcadère et quand elle sortait de l'eau, elle venait toujours vers lui, *a fortiori* s'il était seul, pour le ramener au village.

Gaïg ne s'était aperçue de rien et vivait au jour le jour, obsédée par une seule idée : revoir les Sirènes. Pour ce faire, elle se baignait de plus en plus longtemps, de plus en plus loin. Peut-être que les Sirènes ne s'approchaient pas trop près des côtes… Gaïg avait encore amélioré ses performances respiratoires et pouvait flotter au large plusieurs heures d'affilée sans se sentir fatiguée.

Toute à ses recherches sous-marines, elle ne s'étonnait pas de l'assiduité de WaNdo à ses côtés. Elle s'était habituée à la présence du Nain et lui vouait une certaine amitié du fait de ses infirmités.

— Comment c'est, sous l'eau? avait demandé WaNdo un jour, de façon totalement inattendue.

Le premier réflexe de Gaïg avait été de lui proposer une sortie sous-marine accompagnée. Elle avait pris conscience juste à temps de l'incongruité d'une telle offre et avait commencé à décrire avec passion les fonds sous-marins. Elle avait voulu amener WaNdo au bord de l'eau et lui avait pris la main. Le Nain avait saisi cette occasion pour lui tâter la main, comme tout aveugle qui prend connaissance des choses par le toucher.

Gaïg l'avait laissé faire, comprenant son désir. WaNdo s'était attardé sur la bague en Nyanga, l'étudiant avec attention, ainsi que les doigts alentour. Écartant les doigts de Gaïg pour mieux tâter la bague, il avait senti les membranes qui les reliaient à la base.

— J'ai de petites palmes, avait expliqué Gaïg. C'est une infirmité puisque les autres personnes n'en ont pas. Je le sais, j'en suis parfois gênée. Mais c'est très pratique, pour nager.

— Si tu étais une Naine, on t'aurait nommée Wolongo…

— Wolongo, Fille de l'Eau, l'avait interrompue Gaïg. On m'a déjà appelée ainsi.

— Ce n'est pas étonnant, vu le temps que tu passes dans l'eau : c'est le nom qu'on donne aux Sirènes chez nous.

Puis, sans transition, il avait interrogé Gaïg :

— D'où te vient cette bague ?

Gaïg s'était contractée. Si elle parlait à WaNdo de la Reine des Murènes, il se moquerait d'elle ou ne voudrait pas la croire. Peut-être même qu'il penserait qu'elle l'avait volée… Avec une présence d'esprit étonnante pour son âge, elle choisit d'éluder la question :

— Je croyais que les Nains ne pouvaient pas poser de questions sur la provenance du Nyanga…

— Oui, certes. Mais tu n'es pas une Naine, tu es une Wolongo, une fille de l'eau, avait répondu WaNdo sur un ton badin pour ne pas l'effaroucher avec sa curiosité.

Gaïg avait adopté le même ton léger pour répondre à WaNdo :

— Alors je suis une Sirène et c'est mon amie, la Reine des Murènes, qui m'a offert la bague.

WaNdo avait sifflé, rempli d'admiration :

— Je me doutais bien que tu étais une princesse, et que tu fréquentais des personnes de la haute société!

— Tu connais WaNguira?

— Bien sûr que je le connais. Enfin, je l'ai connu autrefois. C'est un très grand prêtre.

— C'est lui qui m'appelait Wolongo.

Gaïg se sentait de nouveau en confiance.

— Et pas lui seul… avait-elle ajouté à voix si basse que seul un aveugle ayant développé à outrance ses autres sens pouvait l'entendre.

— Qui d'autre?

Gaïg s'était tue, subitement gênée. Tout cela était si personnel, si intime… Et les enfants du village s'étaient déjà tellement moqués d'elle, affirmant qu'elle inventait des histoires pour se rendre intéressante. Pour faire diversion sans vexer WaNdo, et comme preuve de ses futures affirmations, elle lui avait tendu sa Pierre des voyages :

— Et ça, tu connais?

WaNdo avait gardé le silence un long moment, la Pierre à la main. Il avait l'air profondément concentré, comme à l'écoute d'une voix intérieure qui lui racontait une histoire. Gaïg se dit qu'il essayait de deviner ce que ce caillou pouvait avoir de spécial. Elle ignorait que l'Akil minéral, sous certaines conditions, dans les mains de certaines personnes, pouvait rapporter le récit de sa propre vie, sa vie de pierre. WaNdo était de celles-là. Sa cécité faisait de lui un clairvoyant, à même de lire les signes les plus obscurs, et la Pierre des voyages de Gaïg l'avait reconnu comme tel. Son initiation à la grande prêtrise ne s'était pas faite de façon traditionnelle, sous l'égide d'un autre grand prêtre, WaNgolo en l'occurrence, puisque ce dernier avait été pris de vitesse par le temps. Mais WaNdo avait développé une intuition phénoménale en perdant la vue : il n'avait plus à lutter contre ce qu'il voyait pour se rapprocher de la vérité, il sentait celle-ci.

Il tenait la Pierre de Gaïg à la main, et se laissait imprégner par tout ce qu'elle lui contait, affichant un air de plus en plus étonné. Gaïg attendait, hésitant sur la conduite à adopter. Finalement, il la lui avait rendue, surpris, l'esprit encore ailleurs.

— Alors? avait demandé Gaïg.

— J'ai reconnu, avait répondu WaNdo, sans donner de plus amples précisions. Tu as des objets très précieux en ta possession, Wolongo, et tu fréquentes des gens très importants, petite princesse…

Gaïg était restée interdite, un peu frustrée par le laconisme de la réponse. Elle le savait, que ses objets étaient précieux : c'était tout ce qu'elle possédait de bien à elle, les seuls cadeaux qu'on lui eût jamais offerts. Elle aurait aimé apprendre du nouveau par WaNdo… Et puis tous ces Nains qui l'appelaient petite princesse… Bon, c'était bien gentil, mais enfin, elle le savait bien, qu'elle n'avait rien d'une princesse. Même les habits qu'elle portait lui avaient été donnés : un acte charitable des Dryades et des Licornes, pour rendre visite aux Salamandars…

Elle avait raccompagné WaNdo au village, et l'avait laissé aux bons soins d'AtaEnsic et de Winifrid, partagée entre la déception et la mauvaise humeur. Mais qu'espérait-elle, aussi ? Que WaNdo lui apprenne qui elle était ?

Une fois de plus, Gaïg ramenait son malaise au mystère qui planait sur ses origines. Elle savait qu'elle était de mauvaise foi en pensant que WaNdo aurait pu lui révéler quelque chose, mais elle ne pouvait s'empêcher d'être déçue. Comme si elle avait eu l'intuition que le grand prêtre des Kikongos en savait plus que les autres…

7

WaNguira, accompagné de tous les Nains, Pongwas, Lisimbahs et Affés, qui s'étaient retrouvés à Nsaï, arrivait en vue des collines de Koulibaly. Ils avaient pris la route depuis plusieurs jours, aussitôt après avoir récupéré le trésor des Lisimbahs. Ce dernier avait été entreposé par les Salamandars presque à l'entrée de la galerie qui menait à la caverne de Seyni, et plus profondément encore, à celle de Ntangu.

Les Salamandars avaient fait du bon travail, rien ne manquait, il n'y avait aucun bris à signaler. WaNguira et les siens avaient été impressionnés par l'importance de leur propre trésor : c'était une chose d'amasser des richesses sous terre, bien à l'abri des regards envieux, c'en était une autre de se déplacer en plein air avec une telle fortune.

Le grand prêtre était dépassé. Il ne comprenait plus. Que signifiait cette gentillesse des Salamandars? Ces derniers avaient eu la délicatesse de laisser les chariots qui avaient servi au transport à l'entrée de la galerie, avec le trésor. C'étaient les propres chariots des Nains, ceux qu'ils utilisaient pour transporter à l'extérieur le trop-plein de terre extrait des galeries en cours de creusage.

Quinze chariots étaient garés là, chargés à ras bord de vases, de plats, de sculptures, de bijoux et d'objets divers. Des couvertures recouvraient négligemment le tout, afin de protéger le trésor des regards indiscrets.

Les Nains, bon enfant sous leurs dehors rudes, avaient été touchés de ces petites attentions. Ils n'aimaient pas les Salamandars, mais en apprenant que ceux-ci allaient récupérer leur trésor pour eux, sans qu'ils aient à lever le petit doigt pour cela, et encore moins à affronter Ihou, ils avaient à moitié oublié leurs défauts. Personne n'était parfait, ici-bas, et si les Salamandars s'étaient parfois montrés odieux dans le passé, ou simplement un peu envahissants, ils se rattrapaient aujourd'hui par ce magnifique geste de solidarité.

En voyant les chariots et les couvertures en plus, les Lisimbahs avaient totalement pardonné leurs fautes passées aux Salamandars, qui n'étaient pas si mauvais bougres que ça, après tout…

Néanmoins, WaNguira n'était pas dupe. Une telle gentillesse, sans rien demander en retour, n'était pas de mise chez ce peuple égoïste, uniquement préoccupé de sauvegarder sa paix et sa tranquillité, le plus près possible de la chaleur et de l'eau. Quel était donc l'intérêt des Salamandars pour agir ainsi?

Le grand prêtre n'avait pas eu à réfléchir longtemps : les Lisimbahs étaient simplement mis à la porte de chez eux! Ils avaient fui Ihou, et la seule raison qu'ils avaient de retourner dans les profondeurs des monts d'Oko, c'était le recouvrement du trésor. En le mettant ainsi à leur disposition, les Salamandars s'étaient montrés suprêmement habiles. Ils avaient agrandi leur territoire sans guerre et en se faisant aimer de surcroît. La plupart des Nains étaient éperdus de reconnaissance, admirant et comparant leurs œuvres, discutant sur le travail de leurs ancêtres, remerciant dans leur cœur ces bons Salamandars qui avaient empêché que de tels chefs-d'œuvre ne se perdissent.

Seul Mukutu, ce vieux grognon, avait trouvé moyen de rouspéter, sans aller jusqu'au bout de sa pensée cependant.

— M'est avis qu'les monts d'Oko, c'est adieu qu'il faut leur dire…

Les Nains alentour l'avaient regardé, interloqués.

— M'est avis qu'on n'est pas près d'y rev'nir…

— Où est le problème, puisqu'on a le trésor ? avait demandé le jeune Yédo, le frère de Dikélédi.

— Oh, y a pas d'problème ! Y a jamais d'problème, avec les Salamandars. C'est bien là l'problème, d'ailleurs…

Yédo avait cherché à comprendre la réponse, il s'était creusé la tête un moment, puis avait renoncé : Mukutu avait une réputation qui le précédait, celle d'un vieux bougon jamais content, et une fois de plus, il faisait honneur à cette réputation. « Un vrai Nain, quoi ! » avait conclu Yédo intérieurement.

WaNguira s'était rapproché de Mukutu, et lui avait grommelé, adoptant sans le vouloir sa façon de parler :

— M'est avis qu'on pense la même chose.

Mukutu avait opiné du chef :

— Ils nous ont eus, sans même qu'on puisse leur en vouloir, puisqu'ils nous rendent notre bien. On n'pourra même pas les traiter d'voleurs…

Puis il avait ajouté :

— M'est avis qu'c'est des voleurs d'terre, quand même…

— Même pas, avait lâché WaNguira d'une voix lasse, officiellement, c'est Ihou qui nous a fait partir, n'oublie pas…

Ils avaient échangé un regard qui en disait long, et avaient donné le signal du départ. Il n'y avait plus aucune raison de s'attarder, il valait mieux rejoindre les collines de Koulibaly le plus vite possible afin de mettre cette fortune fabuleuse à l'abri de la cupidité des Hommes.

Les Nains étaient parfaitement conscients du danger qu'il y avait à errer ainsi, avec leur trésor caché dans des chariots qu'ils tiraient eux-mêmes à tour de rôle. Des bandes de voleurs parcouraient parfois les routes, en quête de n'importe quel butin. Tout pouvait être mis en vente, à commencer par l'or et les bijoux, et rapporter un bénéfice d'autant plus important que les objets volés n'auraient nécessité aucun investissement de départ…

Malheureusement, les Nains n'avaient pas le choix. Encore heureux qu'ils aient pu récupérer ledit trésor… Ils avaient pensé un moment à le cacher quelque part, quitte à revenir le chercher après par petits groupes, plus discrets que la longue cohorte qu'ils formaient avec les Pongwas et les Affés. Mais ils étaient trop méfiants pour pouvoir entreposer leurs richesses ailleurs que dans une caverne secrète, à des lieues sous terre, en les protégeant par un sortilège.

Déjà que ça n'avait pas été facile pour WaNguira et Mukutu de lever le sortilège de Ntangu à distance, afin que les Salamandars puissent déplacer les précieux objets… Même en se concentrant profondément, ils n'y étaient pas arrivés : il avait fallu l'aide des deux autres grands prêtres. WaNguira leur avait expliqué en quoi consistait le sortilège et ils avaient ajouté leur énergie à celle des deux Lisimbahs. WaNguira n'avait été assuré de la levée du sort qui liait le trésor à la caverne de Ntangu que quand il avait vu celui-ci à l'entrée de la galerie.

Les collines de Koulibaly devaient être encore à une journée de marche environ, on apercevait au loin leurs rotondités mamelues, et les Nains accéléraient le pas, pressés d'arriver. En effet, les collines étaient le dernier rempart avant la côte, sur laquelle villes et villages s'échelonnaient, peuplés d'Hommes. Non que les Nains redoutassent les Hommes en temps normal, mais justement, on n'était pas « en temps normal » quand on se déplaçait avec une telle richesse en étant aussi vulnérable.

La protection offerte par la forêt de Nsaï était bien loin maintenant qu'ils avançaient à découvert. Vu leur nombre, il était difficile de passer inaperçu, alors que ce qu'ils désiraient par-dessus tout, c'était ne pas attirer l'attention.

— M'est avis qu'on d'vrait s'disperser, avait proposé Mukutu. On est trop visibles comme ça.

— Oui, ce n'est pas bon pour nous si les Hommes se sentent envahis, avait ajouté Mongo.

— Les Pongwas sont les moins nombreux, je peux partir en avant avec eux, avait proposé Séméni. Et on reviendra vous dire comment les choses se présentent.

— En marchant vite, vous pouvez atteindre les collines dans la nuit, au petit matin au plus tard, avait calculé WaNguira. Il vaut mieux que personne ne vous voie arriver. Moins les Hommes sauront combien nous sommes, mieux ce sera, tout au moins au début.

— M'est avis qu'la bonne solution s'rait qu'on arrive tous d'nuit, par p'tits groupes, avait confirmé Mukutu. On peut établir plusieurs p'tits camps, au lieu d'un seul : ça effrayera moins les Créatures…

Cette sage précaution reçut l'approbation de tous. Les Pongwas partirent en avant, avec Séméni et WaNtumba. Les Affés et les Lisimbahs se dispersèrent dans la savane, en se partageant la garde des chariots.

WaNguira et Mukutu se placèrent d'un commun accord dans le dernier groupe afin de s'assurer que personne ne resterait en arrière.

— C'est drôle, observa WaNguira, je sens que la terre est creuse par ici.

Mukutu le fixa, songeur. Il savait le grand prêtre particulièrement sensible et intuitif en matière de cavernes et de souterrains et prenait sa remarque au sérieux. Lui-même commençait à ressentir un certain vide dans le sous-sol environnant et il s'abîma un moment dans ses réflexions. Tout à coup, son visage s'éclaira : il avait gagné, il était meilleur que WaNguira, grand prêtre des Lisimbahs, dépositaire de la mémoire collective de la tribu! Il n'était pas question d'humilier WaNguira en public, mais Mukutu ne pouvait non plus laisser passer une telle occasion de se mettre en valeur. Il se redressa, le regard brillant, et toussota négligemment afin de donner de l'importance à son propos.

— Hum! Hum! M'est avis qu'on est dans les parages d'la galerie d'Lendo-Lendo... Celle qu'les Gnahorés n'ont jamais pu creuser, tout au début. Ils voulaient relier les collines aux monts par un tunnel. Étaient encore des Nains à l'époque, les « Gnas »! Mais ça s'effondrait tout l'temps.

WaNguira se montra beau joueur : de toute façon, son honneur était sauf puisqu'il avait été le premier à sentir le ventre vide de la Terre.

— Gagné, Mukutu! Si Babah était là, il dirait que tu n'es pas le chef pour rien!

Mukutu baissa la tête, l'air faussement modeste, au milieu des sourires et des congratulations de ses frères qui n'étaient point dupes de son apparente humilité.

— M'est avis qu'si on cherche, on saura où passer les nuits à venir. On y sera mieux qu'en plein air, et nos p'tites choses s'ront plus à l'abri!

Il n'en fallait pas plus pour que tous les Nains du groupe sentissent se réveiller en eux un instinct millénaire, celui du chercheur de cavernes, du détecteur de failles, du découvreur de boyaux. Ils se mirent en quête immédiatement : c'était à celui qui trouverait le premier le trou qui mènerait à la galerie désaffectée de Lendo-Lendo.

Nihassah, allongée sur sa civière, rongeait son frein en silence. Comme elle aurait aimé participer à cette chasse au trésor! Indépendamment du jeu, ce serait un grand honneur pour celui qui trouverait l'entrée de la galerie. Mais avec sa jambe cassée, elle était immobilisée sur sa civière et ce serait cruel de sa part de demander à Bandélé de la porter. Il accepterait mais cela le retarderait et il serait désavantagé par rapport aux autres.

Nihassah ferma les yeux, pensant à Gaïg. Tout de suite, elle entendit l'eau. Puis elle la vit. Une cascade. À côté, un énorme rocher. Trop gros, comparé aux autres. Pas naturel. Derrière lui, le vide. Elle appela Bandélé.

— La cascade, chuchota-t-elle. Cherche la cascade.

Bandélé la regarda, l'air ahuri.

— La cascade? répéta-t-il. Quelle cascade?

— Je ne sais pas quelle cascade, répondit Nihassah, légèrement énervée par la lourdeur d'esprit de son amoureux. Puisque je te dis de la chercher!

Bandélé la regardait toujours, se demandant si elle avait perdu la tête.

— Il y a un énorme rocher à côté. Il cache l'ouverture de la galerie. Ce doit être de la pierre ponce.

Bandélé ne bougeait pas. Nihassah soupira.

— Tu veux que je la cherche pour toi, peut-être?

Puis elle reprit, pleine de patience, en martelant chaque syllabe :

— La-ga-le-rie-de-Lendo-Lendo-se-trou-ve-der-riè-re-le-ro-cher-qui-est-près-de-la-cas-cade. Cher-che-la-cas-ca-de.

— Ah, fit enfin Bandélé. Fallait le dire tout de suite! J'y vais, j'y cours!

Nihassah ne put s'empêcher de penser à Matilah, qu'elle trouvait parfois dure envers les Nains: cette dernière jugeait les mâles lourds et lents d'esprit et ne les ménageait pas dans ses propos. Nihassah se demanda en souriant si c'était cela qui marquait la différence entre la jeune Naine et la Naine expérimentée. Auquel cas, elle perdait son statut de jeune femme pour devenir une femme d'expérience…

Un grand moment s'écoula, pendant lequel elle eut tout le loisir de réfléchir à sa récente découverte. Longtemps après, elle entendit dans le lointain un cri de joie de Bandélé qui la sortit de sa rêverie sur la vivacité d'esprit des Nains mâles.

— J'ai trouvé. Elle est là! C'est de la pierre ponce. J'ai trouvé!

8

WaNdo était de plus en plus perplexe. C'était donc elle, la descendante de Yémanjah annoncée par la prophétie. Comme la vie était curieuse... Et comme les événements s'enchaînaient de façon bizarre... Maintenant qu'il était libre, il se sentait plus enchaîné que jamais : un destin devait s'accomplir, et lui, l'aveugle défavorisé entre tous, faisait partie intégrante de ce destin. Parce qu'il *savait*, parce qu'il détenait la *connaissance*.

Grâce aux confidences de la Pierre des voyages, il en connaissait un peu plus sur le passé de Gaïg, mais l'avenir demeurait mystérieux. WaNdo, éberlué, se trouvait confronté aux mêmes interrogations que WaNguira : que faisait-on maintenant?

Il apprenait à son corps défendant que le savoir n'était pas un cadeau gratuit. Passé le premier stade de la fierté, celui qui avait été choisi pour détenir le savoir se retrouvait très rapidement confronté à ses responsabilités. En l'occurrence, aider Gaïg à accomplir son destin. La protéger. Et mener les Nains vers la terre promise par Mama Mandombé.

Mais comment protéger un poisson dans la mer? En effet, c'était l'image que WaNdo se faisait de Gaïg : un petit être fragile et sans défense, confiant et fugace, lâché en plein océan, avec une mission qui le dépassait.

WaNdo ne tarda pas à comprendre que c'était l'ignorance de son propre destin qui protégeait Gaïg. Le sachant, elle aurait sans doute succombé devant l'ampleur de la tâche. L'ignorant, elle avançait, à la fois naïve et méfiante, acceptant ce que la vie lui apportait, sans même se poser de questions sur l'injustice du sort qui semblait s'acharner sur elle.

Si les Nains de Jomo et de Ngondé s'étaient demandé pourquoi la Vodianoï avait mordu Gaïg et si WaNguira avait expliqué à Keyah et Afo que seules les Licornes pouvaient la soigner, à ce jour, seul WaNdo avait la réponse complète. C'était Yémanjah elle-même qui avait donné aux Vodianoïs l'ordre de mordre Gaïg afin de l'immuniser à tout jamais contre tous les poisons de la terre et de la mer, y compris le venin redoutable et définitif des

Sirènes mâles. Et Gaïg, ignorante des dangers qu'elle courait, passait le plus clair de son temps dans l'eau…

WaNdo frémit, déconcerté comme chaque fois qu'il pensait au récit de la Pierre. Gaïg… Où était-elle encore, cette petite? Comment pouvait-on attendre d'un aveugle essorillé qu'il protège une élue des dieux? Ces derniers voulaient se divertir, ou quoi? Le paradis était-il donc si ennuyeux, dans sa perfection divine, que ses habitants s'amusaient à accumuler ainsi les difficultés? Pourtant, ça avait l'air plutôt mouvementé, chez eux aussi…. Pourquoi lui? Il était dans l'ordre des choses d'investir un héros dans la force de l'âge d'une mission grandiose de protection, après tout, c'était là le récit de toutes les épopées naines du temps jadis. Mais dans ce cas précis, les dieux devaient s'être trompés: « J'ai tout de l'antihéros, se dit WaNdo, et me voilà promu au rang de bonne d'enfant! »

Le grand prêtre nain éclata de rire, un rire plein de dérision devant le grotesque de la situation. Il se sentit invincible tout à coup : c'était donc cela, ces dieux que l'on honorait et redoutait tant? Des êtres inconscients et joueurs, qui confiaient le destin de leur peuple à une enfant mi-humaine, mi-sirène, accompagnée d'un aveugle? Avec en prime un bébé salamandar toujours en partance, un Pookah en folie, une Dryade sans chêne et une Licorne sans corne? Il y avait de quoi devenir athée jusqu'à la fin des temps... Quelle plaisanterie!

WaNdo se dit qu'il perdait la foi justement au moment où les dieux s'adressaient à lui. Il faut dire que vu comme ça se passait chez eux... Quelle dérision... À moins d'entrer dans leur jeu, ne serait-ce que pour les confronter à leur échec et leur montrer que tout dieux qu'ils étaient, ils pouvaient encore se tromper. Quelle blague, alors! De quoi le faire rire jusqu'à la fin de sa vie... Mais il avait bien mérité de s'amuser un peu, après tous ses malheurs! Il partit, tâtonnant le sol avec son bâton d'aveugle, en quête de Gaïg. Le sourire qu'il affichait fit se retourner plus d'un Nain sur son passage: qu'est-ce qui pouvait ainsi amuser WaNdo, grand prêtre des Kikongos? Il avait lancé un défi aux dieux, ou quoi?

Rejoignant le groupe de Mfuru, il se rendit compte de la présence du Pookah et du bébé salamandar: où qu'ils soient, Loki et Txabi passaient difficilement inaperçus, à moins de le vouloir vraiment. Loki avait retrouvé son formidable entrain, pour la plus grande joie de Txabi qui l'accompagnait partout.

Maintenant, ces deux-là connaissaient parfaitement l'île, l'ayant explorée dans ses recoins les plus intimes, y compris la mine. Ils avaient disparu plusieurs jours d'affilée dans celle-ci, au point que Gaïg s'était inquiétée pour Txabi. D'habitude, le sachant avec Loki, elle ne se sentait pas trop inquiète. Non qu'elle éprouvât quelque confiance que ce soit dans le Pookah, qu'elle savait capable des pires actions pour satisfaire son goût de l'aventure. Mais dans ce cas précis, elle avait vu Loki sortir de la mine en catimini à la tombée de la nuit, seul. Il était allé chercher à manger, avait fait d'amples provisions, et était retourné dans les profondeurs. Pourquoi Txabi n'était-il pas avec lui?

Gaïg s'était rassurée, se disant que Txabi devait l'attendre à l'intérieur : les Salamandars étaient comme les Nains, ils aimaient les souterrains, et si Loki acceptait de servir de domestique à Txabi, c'était son affaire. Mais elle était intriguée, et avait commencé à interroger WaNdo sur la mine. Ce dernier ne l'avait guère tranquillisée pour autant sur le sort de son petit protégé :

— Nous creusions des galeries pour les tyrans, pour leur rapporter de l'or. Nous sommes partis de là-haut, dans la montagne. Comme nous n'avions aucune indication sur la direction à prendre, nous avons creusé vers l'ouest, vers le pays de N'Dé. Cela signifie que nous sommes descendus assez profondément, puisque nous espérions pouvoir percer un tunnel sous la mer. Nous serions remontés ensuite, de l'autre côté, et avec un peu de chance, ou même beaucoup, nous serions ressortis à Sangoulé.

Gaïg était ébahie de la persévérance dont pouvaient faire preuve les Nains, en entreprenant un travail d'une telle envergure.

— N'oublie pas que le temps ne s'écoule pas de la même façon pour nous, avait rappelé WaNdo. Une vie de Nain, c'est neuf cents ou mille ans : ça en laisse, du temps pour creuser.

— Mais les Hommes ne se rendaient compte de rien ?

— Au début, non. Ils se sont doutés de quelque chose quand l'or a commencé à devenir plus rare. Ils voulaient que nous changions de direction. Pour leur redonner confiance, nous avons commencé à fondre discrètement le peu qui restait de notre propre trésor, pour fabriquer des pépites, que nous prétendions avoir trouvé dans le sol. C'était difficile : nous devions toujours justifier la taille des feux que nous faisions sous prétexte de nous réchauffer, la température n'était jamais assez élevée, et nos pépites avaient vraiment une piteuse apparence. Il fallait vraiment l'aveuglement des Hommes, fascinés par l'or, pour croire que des cailloux aussi lisses et réguliers pouvaient être de l'or à l'état natif.

— Mais ils le croyaient?

— De l'or, c'est toujours de l'or, quel que soit son aspect. Et quand l'or apparaît, les difficultés s'évanouissent. Une fois, longtemps après, j'ai même réussi à incruster un morceau de Nyanga dans une fausse pépite. J'avais l'espoir que cet or arriverait sous une forme ou une autre à nos frères du pays de N'Dé, et qu'ils se poseraient des questions. C'est drôle, le Nyanga adopte la forme qu'il veut, et celui-là s'était mis en pyramide… Avant, c'était un anneau…

S'en était suivie une longue explication sur les symboles géométriques représentatifs des différentes tribus, et comment la pyramide avait été attribuée aux Kikongos.

— Et?

— Et rien… Les hommes ne voient pas le Nyanga, ils ont rangé la pépite avec les autres. Je suppose qu'ils en ont fait un bijou. Ou de la monnaie… S'ils ont aplati la pépite, la pyramide sera peut-être devenue une étoile à quatre branches, qui sait…

— Et ensuite?

— Nous étions décidés à creuser le plus loin possible, quitte à ce que notre trésor y passe tout entier. Du moins le peu qui en restait... Mais un jour, nous sommes arrivés à un lac souterrain. Immense. Tellement grand, tellement profond qu'on l'a appelé Nimissa, ce qui signifie la *Mer-du-désespoir-sans-fond*. On n'a jamais pu naviguer dessus, de toute façon. Les Hommes ne nous ont pas laissé l'explorer. Il était impossible d'aller plus loin.

— Même dans une vie de Nain?

— Même dans une vie de Nain, pour la bonne et simple raison que nous n'avions pas de bateau, sous terre...

— On pourrait l'explorer maintenant, puisqu'on a deux bateaux. La barque dans laquelle on est arrivés a été ramenée dans la baie, et il y a celle des Hommes...

WaNdo avait haussé les épaules, l'air las.

— À quoi bon? Soit nous restons ici et faisons nôtre cette île, soit nous la quittons la tête haute, sur un vrai bateau. Mais pour aller où?

Gaïg avait baissé la tête, pensant à cette fameuse prophétie dont lui avait parlé WaNguira. Il était temps qu'elle se réalise : bientôt, les Nains n'auraient plus nulle part où aller.

Sans qu'elle lui ait rien demandé, WaNdo avait repris :

— C'est la façon dont j'ai trouvé le Nyanga qui est curieuse. C'était près de ce fameux lac. Je ne voyais déjà plus. J'étais sur la berge, tout près de l'eau et je n'avais pas le cœur à chanter. Plein de rage et de désespoir, j'ai donné de toutes mes forces un coup de pic dans le sol, devant moi. Il paraît que j'ai fendu un énorme rocher, dans un fracas épouvantable. Les autres se sont précipités, croyant à un éboulement. Moi, j'ai seulement senti la présence du Nyanga, dans une cavité au milieu du rocher. Ils m'ont dit que j'ai mis la main dans les flammes qui s'élevaient d'un cercle de roche liquide pour saisir l'anneau qui se trouvait sur un petit piton, au milieu. Je n'ai pas senti de chaleur. Comme j'étais aveugle, je n'avais pas vu les flammes. Sinon, je ne l'aurais pas fait. De la sorcellerie, en somme… Pourquoi, je n'en sais rien. L'eau du lac est devenue toute noire, m'a-t-on raconté. Il y avait comme une tempête dans les profondeurs. Mais je n'ai pas remis l'anneau à sa place : le Nyanga, c'est le métal des Nains!

Gaïg décrocha à ce moment-là : si on tombait dans la sorcellerie, maintenant… WaNdo n'avait pas senti la chaleur parce que les Nains y résistaient bien, c'était tout. On amplifie ce qu'on imagine jusqu'à lui donner vie, Nihassah le lui avait dit. Peut-être que si on ne voit pas les flammes, elles ne brûlent pas… Et l'eau du lac était noire parce que sous terre, tout est noir… Dans l'immédiat, elle s'inquiétait pour Txabi. Que dirait-elle à Maïalen, si elle avait perdu son petit?

Ledit «petit» était réapparu peu après, arborant l'œil brillant de celui qui avait vu ce qu'il ne fallait pas voir et tenant de longs conciliabules avec Loki. Ils étaient devenus inséparables, et Gaïg se demandait si elle devait intervenir dans cette amitié, sous prétexte de protéger Txabi. Mais le protéger de quoi? Et comment? Elle n'allait pas le mettre en cage, tout de même.

Elle s'était vaguement rassurée en se disant que Loki serait le premier à défendre un ami si cher, et qu'elle se tourmentait pour rien. Elle n'éprouvait même pas de jalousie, puisque Txabi n'avait pas changé dans ses relations avec elle. Son «coin» favori pour les siestes impromptues était toujours constitué par la nuque de Gaïg, autour de laquelle il se lovait, la queue s'enroulant autour du cou. Elle aurait pu sauter, courir, danser, rien ne l'aurait délogé de ce refuge douillet et chaud, plein de la bonne odeur de son amie.

Gaïg s'était promis de descendre dans la mine un jour, mais rien ne pressait. Ou plutôt si, une chose pressait: retrouver les Sirènes.

Mais elle revenait toujours bredouille de ses bains interminables très au large de la côte de l'île.

Les Naines se baignaient souvent en sa compagnie, essayant de réaliser ses prouesses en natation et en plongée. Elles avaient grandement amélioré leurs performances dans l'eau, en prenant exemple sur Gaïg, qui était devenue un modèle à imiter. Kodjo, fine et légère, était la plus gracieuse quand elle plongeait du bout du quai. Elle avait convaincu Dikélédi, qui essayait à son tour d'apprivoiser cet élément étranger. Même les Nains se baignaient parfois, pour la plus grande joie de ces dames.

La conquête de l'eau représentait un défi que les Kikongos relevaient bravement, sous l'égide de Thioro, la Naine la plus dynamique de tout le groupe. Énergique et décidée, elle avait été une des premières à reprendre des forces après l'arrivée de Gaïg, et elle s'était tout de suite consacrée aux autres, se dépensant sans compter pour le bien de tous.

Elle avait l'esprit plus vif et plus rapide que la moyenne naine et c'était d'elle que venaient les idées nouvelles. Elle allait bravement de l'avant, ne craignant pas d'innover et de remuer les esprits. Elle avait été la première à dire que les Kikongos devraient prendre la mer un jour, ne serait-ce que pour dire à leurs frères du continent qu'ils étaient vivants. Ils demeureraient coincés sur l'île tant qu'ils n'auraient pas de bateau suffisamment grand pour naviguer, mais un jour viendrait où il faudrait embarquer de nouveau.

Certes, ils avaient plusieurs semaines à attendre avant le retour du bateau de réapprovisionnement mais ce délai n'était pas inutile : ils avaient encore besoin de récupérer leurs forces. Thioro, par son dynamisme et son optimisme, jouait un rôle important dans le groupe et dans la cicatrisation de ses blessures, en le poussant à agir et à réagir.

Gaïg aimait bien sa compagnie, malgré la différence d'âge qui les séparait. De son côté, elle commençait à connaître les profondeurs de la baie qui se trouvait en face du village. Elle s'aventurait de plus en plus sur les plages avoisinantes et attendait qu'une occasion se présente pour retourner à l'anse du premier débarquement. Peut-être que les chances d'entrer en contact avec les Sirènes seraient plus grandes de ce côté-là de l'île…

Elle était toujours escortée de quelques Naines. Au début, cela lui plaisait d'avoir de la compagnie. Du jour où elle avait remarqué l'assiduité de ses compagnes, elle s'était posé des questions. On aurait dit que dès qu'elle bougeait, deux ou trois Naines abandonnaient ce qu'elles étaient en train de faire et proposaient de l'accompagner. Il n'était pas question de refuser, bien sûr, les Naines n'étaient pas pesantes ou indiscrètes et Gaïg s'amusait aussi avec elles. Si elle désirait réellement un peu de solitude, il suffisait qu'elle plonge ou qu'elle s'éloigne au large.

Gaïg se demandait néanmoins ce qui se cachait derrière cet accompagnement systématique et si elle était « surveillée ». Mais surveillée pour quelle raison? Elle n'allait pas quitter l'île à la nage, tout de même. De toute façon, elle n'avait aucune raison de vouloir fuir les Nains. Alors, pourquoi cette escorte?

9

Bandélé, aidé de WaNguira, n'avait eu aucun mal à déplacer la pierre qui se trouvait à côté de la cascade. Effectivement, c'était de la ponce, et une galerie s'ouvrait derrière. Après quelques pas à l'intérieur, ils se rendirent compte très vite qu'elle était en mauvais état, abandonnée depuis longtemps. Le danger d'effondrement augmentait au fur et à mesure qu'on avançait en profondeur. Mais en ne s'enfonçant pas trop profondément, les Nains pouvaient y trouver refuge pour quelques jours, en attendant de rejoindre les collines de Koulibaly. Ils s'installèrent donc à l'entrée.

WaNguira décida quand même de pousser son exploration un peu plus loin et il s'engagea dans la galerie. En faisant très attention à ne pas prendre appui sur les parois et en progressant tout doucement, il limitait le risque d'effondrement. Il comprit vite pourquoi les Gnahorés avaient abandonné le creusage de cette galerie : la terre était meuble, presque sableuse, et il fallait constamment étayer la voûte et les parois. C'était un travail titanesque et fragile.

La proximité de la rivière rendait cette tâche aléatoire, à cause des infiltrations qui fragilisaient le sol. Le tunnel s'élargissait maintenant, et WaNguira avançait plus facilement. Il progressa un bon moment, étonné de constater une amélioration dans l'état des lieux. La galerie était bien plus abîmée près de la sortie. Peut-être qu'avec quelques travaux, elle serait habitable… Les Lisimbahs seraient ainsi moins proches des Hommes et ils feraient moins honte aux « Gnas ».

WaNguira sourit malgré lui. Mukutu avait trouvé là une dénomination qui passerait à la postérité, du moins tant que les Gnahorés calqueraient leur attitude sur celle des Hommes. Ils retrouveraient leur nom au complet quand ils redeviendraient des Nains à part entière…

Le grand prêtre examinait les lieux avec un regard de connaisseur, de plus en plus intéressé par la possibilité d'une installation. Mais il déchanta vite en arrivant à un effondrement qui obstruait pour ainsi dire totalement la galerie. Il y avait bien un étroit passage possible entre le plafond et les gravats, mais WaNguira jugea plus prudent de ne pas s'y aventurer.

Il s'assit entre deux pierres lumineuses abandonnées là, essayant de réfléchir. L'absence de nouvelles le taraudait et quand il ne se posait pas de questions sur Gaïg et Dikélédi, il s'en posait sur Babah et sa troupe. Il appuya doucement son dos contre la paroi, et la sentit bouger.

WaNguira fut sur pied en un instant, pressentant l'effondrement et s'apprêtant à courir, quand une voix l'arrêta.

— Hum! Ce n'est que moi, grand prêtre. Patxi.

WaNguira se dit que ces Salamandars allaient finir par le rendre fou. Allait-il toujours échouer sur eux, où qu'il allât? Ils le faisaient sursauter chaque fois. Que faisaient-ils là? Les Nains avaient quitté les monts d'Oko depuis plusieurs jours, ils avaient laissé leur deuxième territoire aux Salamandars, ces derniers allaient-ils les poursuivre aussi dans les collines de Koulibaly? Et en plus, il fallait les remercier pour le trésor sauvé…

Le grand prêtre se demanda pourquoi il avait toujours envie de hurler quand il se trouvait face aux Salamandars. Il se sentait redevenir complètement infantile, avec une envie de trépigner, de piétiner, de crier, de s'époumoner en s'arrachant les cheveux, de bramer, de mugir, de… de… de…

WaNguira prit une profonde inspiration, ne voulant pas affronter le regard qu'il devinait narquois du Salamandar. Il fallait d'abord qu'il se ressaisisse. Une pierre s'anima en face de lui, venant à son secours :

— Je suis là aussi. Maïalen.

Elle ajouta immédiatement :

— Il n'y a que nous deux.

WaNguira sentit qu'il allait de nouveau être sous l'emprise de l'énervement et de la danse mentale effrénée et ridicule à laquelle il s'adonnait pour évacuer ses tensions. Il s'arrêta tout de suite, dominant ses pulsions destructrices.

— Nous n'avons pas pu vous remercier pour la récupération de notre trésor, il n'y avait personne. Je le fais donc maintenant, au nom de tous les miens. Nous vous sommes très reconnaissants pour cet acte de bienveillance à notre égard.

— Oh, ce n'est rien, répondit Patxi sur un ton cérémonieux. Nous sommes contents de vous aider à déménager.

— Je n'en doute pas, rétorqua WaNguira. Si à notre tour, nous pouvons vous aider un jour à déménager, nous le ferons très volontiers.

Patxi émit un petit gloussement qui pouvait passer pour un rire, face à l'humour dont faisait preuve WaNguira. Il poursuivit :

— Nous sommes venus vous donner des nouvelles de vos deux protégées.

Porté par l'émotion, WaNguira perdit incontinent sa belle contenance.

— Vous les avez retrouvées? Vous savez où elles sont?

Maïalen prit la parole :

— C'est une longue histoire, grand prêtre, pleine d'émotions pour vous et pour votre peuple. Vous pouvez vous asseoir, ce sera mieux.

Quand WaNguira, intrigué, se fut assis, elle continua :

— Votre Gaïg a mon petit avec elle. Il s'appelle Txabi. C'est par lui que nous avons eu des nouvelles. Il a réussi à rejoindre un des nôtres, bien loin dans le sud, pendant que nous transportions vos biens. Nous n'avons appris tout ce que je vais vous raconter qu'après votre départ de la caverne de Seyni. C'est pourquoi nous sommes ici maintenant.

WaNguira se taisait, attendant la suite. Il était impatient d'avoir des renseignements sur Gaïg et Dikélédi et il ne comprenait pas pourquoi Maïalen prenait toutes ces précautions.

— Txabi porte en lui l'âme d'un explorateur. Malgré son jeune âge, il ne craint pas de s'aventurer très loin pour découvrir le monde. Il a parcouru un long chemin, sans même savoir où il allait aboutir. Simplement parce qu'il avait découvert un lac souterrain immense, avec une anfractuosité dans une paroi. Cette anfractuosité n'était accessible qu'à la nage, et bien trop petite pour que quiconque puisse s'y glisser. Sauf un bébé salamandar, bien entendu. Le trajet a été long, et lui a pris plusieurs jours. Il est retourné là-bas maintenant.

Quand Maïalen s'arrêta pour reprendre son souffle, WaNguira sentit monter en lui un frémissement d'impatience qui le ferait tonitruer une fois de plus et effaroucherait la Salamandar à tout jamais. Au prix d'un violent effort sur lui-même, il se contint. Maïalen le remercia d'un regard et reprit son récit sur un rythme plus rapide : elle en avait assez de ce Nain rustaud et impulsif qui ne pensait qu'à hurler et à brailler. Puisqu'il voulait savoir, il saurait, et elle n'aurait rien à se reprocher en cas d'attaque cardiaque sous l'effet de la surprise.

— Ce lac est sur une île, au sud, dans la mer d'Okan. Gaïg et ses compagnons ont dérivé sur une barque pendant plusieurs jours avant de débarquer sur cette île. Ils y ont retrouvé…

Maïalen se tut. WaNguira attendait, il semblait solide. Elle reprit :

— Ils y ont retrouvé vos frères disparus… Les Nains Kikongos… Réduits à l'état d'esclaves…

L'air sembla se raréfier dans la galerie. WaNguira ouvrit et ferma la bouche comme un poisson hors de l'eau : on aurait dit qu'il étouffait. Il regardait Maïalen sans la voir, cherchant sa respiration. Puis il se perdit dans la vision d'un autre monde, éteint depuis plus d'un siècle. Les Kikongos! Les Kikongos n'étaient pas morts, mais vivants. Esclaves, sur une île, au sud, dans la mer d'Okan! Et Gaïg était avec eux. Et Dikélédi. Et les autres. Y compris ce bébé salamandar, messager du destin. WaNguira avala pour la énième fois la salive qu'il n'avait pas dans la bouche, tellement sa gorge était sèche. Patxi lui tendit une outre, qu'il avait sortie d'on ne sait où.

— Buvez, grand prêtre, fit-il simplement.

WaNguira obéit sans réfléchir tellement il était abasourdi. Il n'était même pas capable de remettre en question les dires de Maïalen. Tout ce qu'il pouvait faire, ou voulait faire, c'était rester assis là, sans bouger, jusqu'à la fin des temps, quitte à se transformer en pierre. Une pierre, c'était ce qu'il voulait devenir. Quel beau destin pour un Nain! Pas de pensées, pas de sentiments, pas d'effets de surprise, pas de découvertes horribles ou mirobolantes, l'inexistence dans toute sa splendeur, quoi. On donnerait son nom à une pierre : comme il y avait la pierre ponce, la pierre de lave, la Pierre des voyages, il y aurait la pierre WaNguira!

Les deux Salamandars suivaient attentivement les expressions du visage de WaNguira. Ils se doutaient que grâce à l'intrépidité de Txabi, ils détenaient des informations capitales, qui bouleverseraient le monde des Nains. Ils avaient choisi WaNguira comme récipiendaire de ce savoir parce que c'était lui le grand prêtre, lui qui avait demandé des renseignements sur Gaïg et Dikélédi, et encore lui qui semblait le plus apte à accepter ces informations dans l'immédiat.

Effectivement, les couleurs revenaient petit à petit sur le visage de WaNguira, sa respiration devenait plus régulière. Il n'avait toujours rien dit. Maïalen continua son récit, comme s'il ne s'était rien passé.

— Les Kikongos ont été libérés, grâce à Gaïg et à ses compagnons. Ils sont délivrés des Hommes qui les asservissaient pour l'exploitation d'une mine d'or. Mais ils sont encore prisonniers sur l'île, puisqu'ils n'ont pas de bateaux pour rejoindre le pays de N'Dé.

Maïalen s'arrêta enfin. Voyant que WaNguira gardait le silence, elle poursuivit, afin de lui laisser le temps de digérer cette nouvelle qui avait surpris les Salamandars eux-mêmes.

— Gaïg et Dikélédi vont bien, elles sont en bonne santé. Mfuru a retrouvé son père, Do, qui est devenu WaNdo. Le grand prêtre WaNgolo est décédé. Le chef des Kikongos également. C'est à peu près tout ce que nous savons.

Patxi intervint, posant une main sur le bras de Maïalen.

— Nous ne pouvons pas y aller, grand prêtre. Txabi dit que le passage est très étroit, c'est une faille dans le sol, qui s'enfonce sous la mer. À cause du volcanisme, elle peut se refermer à n'importe quel moment.

WaNguira était incapable d'émettre le moindre son. Les mots de remerciement qu'il aurait dû prononcer se bousculaient dans sa tête, mais rien ne sortait de sa bouche. Il était littéralement hébété. Patxi jeta un coup d'œil à Maïalen, qui haussa discrètement les épaules en signe d'impuissance. Elle était prête à partir, ayant rempli sa tâche. Déjà qu'elle ne voyait pas l'intérêt d'informer les Nains de ces faits…

C'était Patxi qui avait voulu. Pourquoi? Elle n'en savait rien. Il était bizarre, parfois.

C'était lui qui avait décidé de rendre aux Nains leur trésor. Il avait usé de l'argument du territoire à libérer de leur présence, mais Maïalen n'était pas dupe. Il avait *aussi* voulu les aider.

De plus, il lui avait beaucoup parlé de Gaïg récemment, ce qui l'avait étonnée. N'éprouvant pas de sentiments, l'amitié était inconnue chez les Salamandars, et Maïalen éprouvait de la difficulté à suivre Patxi dans ses méandres affectifs.

D'autant plus que Patxi lui-même ne pouvait pas expliquer ce qu'il ressentait. C'était subtil et complexe, impossible à décrire avec les mots et la raison. Il sentait que l'intérêt qu'il portait aux Nains et à leur prophétie dépassait le stade de la curiosité amusée. Il était même touché par leurs déboires…

WaNguira prit une profonde inspiration. Il se sentait aussi démuni qu'un enfant.

— C'est tout? demanda-t-il presque timidement.

— Si nous apprenons quelque chose, nous vous le dirons, promit le Salamandar.

— Merci, Patxi. Merci, Maïalen.

C'était la première fois que le grand prêtre appelait les Salamandars par leur nom. Patxi sentit quelque chose s'agiter au fond de son esprit. Était-ce du plaisir? Maïalen le tapota sur le bras pour attirer son attention, puis s'engouffra dans l'étroite ouverture laissée par l'effondrement.

Patxi la suivit, mais juste avant de disparaître de l'autre côté, il se retourna :

— Au revoir, WaNguira, murmura-t-il d'une voix presque hésitante.

10

— Voilà, c'est tout ce que je sais.
Les épaules de WaNguira s'affaissèrent. Il avait terminé. Que pouvait-il dire de plus? Il avait informé ses compagnons et l'expression figée de leurs traits en disait long sur leur stupéfaction et leur incrédulité. Il pouvait lire sur leur visage la succession de sentiments contradictoires, y compris celui fort déplaisant du grand prêtre devenu fou.
Lui-même était resté un long moment au fin fond de la galerie de Lendo-Lendo après le départ de Patxi et Maïalen. Lui aussi, il avait remis en question les dires des deux Salamandars, se demandant s'ils étaient sains d'esprit. Ou s'ils mentaient. Et ce, dans quel but? Quel était leur intérêt? Il avait tourné et retourné ces questions dans sa tête, se fournissant à lui-même les réponses les plus

extravagantes, simplement pour que la réalité soit différente : les Kikongos n'étaient pas en vie, réduits en esclavage sur une île pour l'exploitation de l'or. Non qu'il préférât les croire morts, loin de là, mais l'idée de ses frères esclaves à cause de la cupidité des Hommes le révulsait.

WaNguira avait la gorge nouée et il avait mis du temps à retrouver son calme. Il avait envisagé un moment de ne rien dire aux autres, tellement il prévoyait leur réaction. Mais les Nains, dans leur diversité, étaient tous construits sur le même modèle, issus du même moule : ils étaient fils de Mama Mandombé, et la solidarité constituait une des bases de leur civilisation. Comme WaNguira après le départ des Salamandars, ils mettraient du temps à digérer la nouvelle, cherchant le détail qui effacerait tout, en prouvant la fausseté de l'information. Ils envisageraient eux aussi la crise de folie qui précipite l'interlocuteur dans un monde imaginaire délirant, prodigue en situations invraisemblables. Ils douteraient de la véracité des dires du grand prêtre, de sa santé mentale, et de cette confiance qu'il témoignait aux Salamandars. Depuis quand ces derniers étaient-ils fiables ?

Et puis, comme WaNguira, un doute s'insinuerait petit à petit dans leur esprit : et si c'était vrai? S'il y avait des Kikongos survivants? Si la terre s'était vraiment déchirée pour accoucher finalement de cette horreur? L'esclavage, le joug de l'homme sur l'homme, l'asservissement du plus faible au plus fort…

Contrairement aux fois précédentes où il avait hésité, ne sachant quelle conduite adopter, WaNguira avait pris sa décision très vite après la visite de Patxi et Maïalen. Il savait qu'il l'avait prise dès leur départ, et que la période de réflexion qui avait suivi n'avait servi qu'à peser le pour et le contre, à essayer d'envisager le problème sous ses différents aspects, à vérifier que c'était la bonne décision. Maintenant, il attendait simplement que ses compagnons, passé la première surprise, arrivent aux mêmes conclusions que lui.

Un long moment s'écoula. Les Nains présents se fuyaient mutuellement du regard : une espèce de gêne les habitait. L'offense subie par les Kikongos humiliés était aussi la leur, l'affront était ressenti par tous, de même que la souffrance, la douleur, toute l'horreur engendrée par l'esclavage. Ils partageaient le même sentiment de dégoût et d'indignation envers l'atrocité qui leur était révélée, se demandant jusqu'à quel point ils en étaient eux-mêmes responsables. Ils avaient pourtant cherché pendant des mois, des années, après le Premier Exode. Le moindre indice qui aurait pu les mettre sur une piste avait été étudié, examiné, analysé. Aucune recherche n'avait été laissée au hasard. Mais ils n'avaient rien trouvé. Et voilà qu'on venait leur dire que leurs frères étaient vivants, esclaves sur une île…

WaNguira exprima la pensée commune, dans l'espoir d'apaiser les cœurs :

— Nous avons tout fait pour les retrouver. Je ne pense pas que nous devons nous sentir coupables de négligence.

Les Nains approuvèrent, ne demandant qu'à être rassurés. Seul Mukutu demeura tête baissée, épaules basses, complètement replié sur lui-même. Les conversations reprirent, à voix basse d'abord, puis de plus en plus passionnées. WaNguira se rendait compte, avec une secrète satisfaction, que les réactions successives de ses frères prenaient l'orientation escomptée. Il ne fut donc pas étonné quand il entendit Nihassah suggérer que « vrai ou pas, il faut vérifier, donc y aller ». Matilah réagit immédiatement en lui rappelant qu'avec une jambe cassée, elle devait calmer sa bougeotte et qu'elle ne serait pas du voyage. Le mot fatidique ayant été prononcé, le grand prêtre sut qu'on ne reviendrait pas en arrière : il y aurait un « voyage ».

Le silence de Mukutu l'intriguait néanmoins. Pourquoi ce vieux bougon râleur se taisait-il? Ce n'était pas dans ses habitudes, lui qui avait toujours une opinion sur tout. Se pouvait-il qu'il ne fût pas d'accord? WaNguira le cogna discrètement avec le coude pour attirer son attention et le sonda du regard. Mukutu poussa un profond soupir, et retomba dans son apathie.

— Ne fais pas cette tête-là! Puisqu'on parle de voyage! On saura à quoi s'en tenir, expliqua le grand prêtre afin de le stimuler.

— M'est avis qu'on aurait pu l'savoir avant… grogna Mukutu.

— Tu vas souvent en mer, toi? Ou même sur la côte? Alors comment aurait-on pu l'apprendre, s'il te plaît?

Mukutu tendit un objet au grand prêtre :

— Avec ça.

WaNguira saisit la pièce de cent okous qui lui était présentée, avec l'étoile à quatre branches en Nyanga au milieu.

— Même avec ça, on n'aurait pas pu agir, Mukutu. On l'a tous vu, on a tous été stupéfaits, mais personne n'a pensé que les Kikongos pouvaient être vivants. Ce n'est pas la peine de s'embarrasser avec le remords. En revanche, armer un bateau, partir vers le sud, ça, c'est possible, maintenant que nous avons une piste. Et c'est ce que nous ferons.

— M'est avis qu'tu n'sais pas plus naviguer qu'moi, toi. Tu n'aimes pas beaucoup l'eau, qu'je sache…

— Nous sommes riches, Mukutu, très riches. Nous avons de quoi payer un équipage, et même plusieurs.

— Comment vas-tu armer un bateau? Tu f'ras affaire avec les Créatures?

— Je ne m'en réjouis pas, mais s'il le faut, oui. Les Gnahorés nous aideront.

— M'est avis qu'ceux-là, faudra pas trop leur en demander…

— M'est avis qu'si on peut payer, tout s'arrange! conclut WaNguira, décidé et légèrement agacé.

Mukutu lui jeta un regard noir, davantage à cause du « M'est avis qu'si… » dans lequel il avait senti poindre une certaine moquerie qu'à cause de la résolution de WaNguira. Ce dernier se concentrait déjà sur les conversations alentour, à l'écoute de la moindre information susceptible de lui servir pour son expédition. Malheureusement, ses compagnons n'étaient pas des marins, loin de là, et il se rendait compte de plus en plus qu'il aurait besoin de l'aide des « Gnas » et de leur expérience avec les Hommes.

D'habitude, c'étaient les Hommes qui se trouvaient en situation de demande face aux Nains, désireux d'acheter des outils, ou même des bijoux. Là, les rôles seraient inversés : c'étaient les Nains qui avaient besoin des Hommes. Ces Hommes qui avaient réduit leurs frères en esclavage. Comment leur faire confiance ? Même en payant, comment être sûr de leur honnêteté ? D'autant plus que le scandale serait énorme, quand on saurait pourquoi les Nains, créatures terriennes entre toutes, voulaient prendre la mer. De là à ce que les « responsables » fassent tout ce qui était en leur pouvoir pour les empêcher de partir...

WaNguira commençait à entrevoir la nécessité du secret. Il avait confiance dans les Lisimbahs, les Pongwas et les Affés, tous les Nains en partance pour les collines. Mais les « Gnas » ? Quel jeu jouaient-ils, au fond ? La pensée qu'ils étaient peut-être au courant effleura WaNguira, mais il la rejeta bien vite. Ce n'était pas parce que les « Gnas » avaient un peu perdu de leur identité qu'il fallait les accuser de tous les maux. Non qu'ils fussent au-dessus de tout soupçon... Mais de là à savoir leurs frères maintenus en esclavage et à garder le secret...

WaNguira s'en voulut un peu de cette pensée, qui remettait en question l'intégrité de la nanitude. Si les « Gnas » ne se ridiculisaient pas autant, à vouloir imiter les Hommes… Comme s'ils n'appartenaient pas à l'espèce humaine, eux aussi… Le grand prêtre se rendait compte qu'il faudrait jouer serré. Avoir de quoi payer ne suffirait peut-être pas… L'entreprise se révélait plus difficile qu'il ne l'avait escompté de prime abord.

Il aurait aimé pouvoir discuter de la situation avec des personnes qui s'y connaissaient en Hommes, en navigation, en affaires. Dans cette optique, seuls les Gnahorés lui venaient à l'esprit. Mais quelle confiance pouvait-il accorder à ces fantoches de Nains qui portaient des chaussures à talons hauts pour se grandir et devenir l'égal des Hommes? Ces anciens forgerons qui ne supportaient plus la chaleur, au point de se déplacer avec un éventail? D'ici à ce qu'ils veuillent changer la couleur de leur peau… WaNguira sentait l'énervement monter en lui chaque fois qu'il pensait aux Gnahorés.

Pour la première fois de sa vie, il éprouva le besoin d'avoir un successeur, avec lequel il aurait pu discuter, échanger des idées, peser le pour et le contre. Bien qu'ayant passé l'âge du choix d'un disciple – il comptait déjà ses six siècles bien tassés – WaNguira n'en avait pas. Pour la simple raison qu'il n'avait encore trouvé personne digne de lui succéder dans cette lourde tâche de grand prêtre. Il avait longuement réfléchi, il s'était arrêté sur chacun des hommes de la tribu des Lisimbahs, mais aucun ne lui avait semblé apte à assumer la charge. Ses compagnons le taquinaient parfois à ce sujet, lui demandant s'il se considérait comme irremplaçable, pour se montrer aussi difficile.

Il aurait aimé pouvoir désigner quelqu'un, à condition que ce quelqu'un arrivât. Il avait alors abaissé l'âge général de la prêtrise, et s'était tourné vers les plus jeunes. Il étudiait soigneusement les caractères des adolescents, les comportements des enfants dans leurs jeux, les lignes de vie des nouveau-nés, allant même jusqu'à se réjouir de l'annonce de toute nouvelle grossesse chez les Naines, mais aucun jeune ne présentait les signes favorables qui pousseraient WaNguira à le choisir comme successeur.

Un chatouillis subit entre les sourcils le sortit de ses pensées successorales. Nihassah le regardait en souriant.

« Le temps est venu de bouger, peut-être. Traverser l'eau en fait partie, qui sait? Et si c'était l'île des Kikongos, notre terre promise? »

Il vit Nihassah rire : elle s'était rendu compte qu'il avait capté son message. Une onde d'apaisement traversa WaNguira. Décidément, elle était bien, la fille de Mukutu. Calme et décidée, sereine et détendue, persévérante et intuitive. Ce n'était pas par hasard que les dieux l'avaient choisie pour protéger Gaïg. Il lui répondit.

« C'est vrai que tu as la bougeotte, toi! Traverser l'eau ne te fait pas peur? »

« Pas trop. J'ai vécu longtemps dans un village au bord de la mer, rappelle-toi! Je crains davantage les Hommes… »

« Il faudra bien faire affaire avec eux, pourtant. Non que cela me plaise… Surtout dans les circonstances actuelles… »

« C'est vrai qu'on ne sait pas trop à qui se fier. Et si ceux auxquels on s'adresse sont ceux-là même qui ont asservi nos frères? »

« Ils nous feraient disparaître en mer sans laisser de traces. Le risque est énorme. Mais il faut le prendre. Seuls les volontaires seront du voyage. »

« Je comprends. »

L'échange s'arrêta là, WaNguira et Nihassah étudiant la situation chacun de son côté. Puis Nihassah reprit :

« Et si on demandait aux Floups? »

WaNguira sursauta, électrisé. Les Floups! Ces pirates sanguinaires, ces tueurs sans pitié, ces écumeurs des mers qui n'aimaient les flots que rouges du sang des Hommes… Leur réputation n'était plus à faire. Elle résidait dans un unique mot : cruauté. Se plaçant en dehors de toute société étrangère à la leur, ils estimaient n'avoir à obéir à aucune loi édictée par d'autres qu'eux-mêmes.

Et pourtant... WaNguira réfléchissait à la folle proposition de Nihassah. Les Nains et les Floups, ne relevant pas du même élément, n'étaient pas ennemis. Les Nains étendaient leur empire sous la terre, alors que les Floups couraient les mers. Par conséquent, leurs chemins ne se croisaient jamais.

Les Nains n'avaient affaire à eux que pour la vente d'armes : des sabres, des épées, des poignards, des cimeterres, des yatagans, des dagues, des lances, des pointes de flèches, un arsenal entier de lames toutes plus acérées les unes que les autres. Les Floups ne marchandaient jamais le prix demandé, estimant que leur vie valait bien plus que ce dernier, si élevé fût-il. Une bonne arme, c'était une espérance de vie prolongée de plusieurs années. Et la réputation des Nains n'était plus à faire : ils demeuraient les meilleurs forgerons de la Terre, capables de fabriquer des armes de qualité supérieure.

Les Floups, comme les Nains, étaient de petite taille. Rageurs et vindicatifs, ils détestaient les Hommes qui avaient voulu, dans le passé, en faire des domestiques, ou pire, des serfs. « Encore un point commun… » se dit WaNguira. À croire que les Hommes voulaient dominer le monde. Comme s'il n'y avait qu'eux, sur la planète. Les Floups s'étaient révoltés plusieurs fois et avaient rompu les ponts en se réfugiant sur l'eau. Ils avaient donné leur congé aux Hommes et étaient devenus des marins émérites, construisant eux-mêmes des bateaux réputés pour leur légèreté et leur rapidité.

Vivant sur l'eau à longueur d'année, ils avaient une connaissance inégalée des océans. Le bruit courait qu'ils possédaient des îles secrètes loin dans le sud, dans les profondeurs desquelles ils entreposaient leur butin. Ce qui ne les empêchait pas de dilapider parfois leurs richesses au vu et au su de tous, sans doute par désir de montrer leur puissance.

Pendant leurs longues journées sur les bateaux, ils avaient développé un art martial bien particulier qu'ils dénommaient la florinette, extrêmement efficace sous ses apparences de danse. WaNguira en avait entendu parler mais ne les avaient jamais vus à l'œuvre.

Plus il y réfléchissait, plus il estimait que Nihassah lui suggérait une solution possible. Il la regarda. Elle lui souriait toujours, calme et détachée, allongée sur sa couche, la jambe immobilisée entre deux attelles.

« Toi, si tu veux te faire pirate, il faut te dépêcher de guérir! » lui répondit-il en souriant à son tour.

11

WaNguira avait réfléchi toute la nuit, cherchant, sans la trouver, la faille dans la suggestion de Nihassah. Les Floups, en dépit de leur détestable réputation, n'avaient jamais eu maille à partir avec les Nains. Ils se montraient des clients réguliers depuis des siècles et avaient toujours payé les objets commandés, sans jamais discuter le montant réclamé. Les Nains, sachant que leur travail était apprécié à sa juste valeur, s'appliquaient d'autant plus. Les relations avec ces forbans miniatures mais féroces n'étaient ni déplaisantes ni amicales, chacun respectant l'autre.

Les Floups, riches du butin de leurs pillages maritimes, réglaient souvent leurs achats en pierres précieuses venues d'ailleurs, ce qui n'était pas pour déplaire à un peuple d'orfèvres-nés. Dans le passé, il était parfois arrivé que les Nains réclamassent une gemme spécifique qu'ils ne trouvaient pas dans leur sous-sol, et malgré un délai d'obtention assez long, les Floups avaient toujours fini par leur donner satisfaction.

WaNguira se disait qu'il ne serait pas trop difficile de convaincre ses propres frères d'accepter l'idée de Nihassah. Les Hommes avaient perdu tout prestige à leurs yeux et ils préféreraient courir le risque de la navigation avec un peuple sur lequel ne pesait pas le soupçon de l'esclavage. Le grand prêtre se demanda si les Floups étaient au courant de la situation des Kikongos, mais il éloigna bien vite cette idée. De mémoire de Nain – et elle pouvait être très longue – on n'avait jamais vu d'entente entre les Créatures et ces sanguinaires écumeurs des mers. Une haine immémoriale les séparait.

C'est sur cette haine que WaNguira comptait s'appuyer pour persuader les Floups de leur venir en aide. Proposer de payer le prix fort constituait un argument de peu de valeur puisqu'ils étaient déjà riches, très riches. Ils seraient plus sensibles au problème de l'asservissement des Nains par les Hommes qu'au profit matériel.

WaNguira présumait l'alliance possible, tout en sachant qu'il faudrait jouer serré. Les

Floups, habitués à agir de façon indépendante, pouvaient tout aussi bien se désintéresser de la question et décréter qu'il n'était pas de leur ressort de sauver des Nains. Ils avaient quitté la terre ferme, les peuples qui l'habitaient ne faisaient plus partie de leur monde. Le grand prêtre cherchait avec ténacité un point faible sur lequel agir pour rallier ces hardis navigateurs à sa cause.

Insister sur la bassesse et la vilénie des Hommes ne suffirait peut-être pas, puisque de toute façon, les Floups détestaient ces derniers et ne perdaient pas une occasion de le leur faire savoir. Ils n'avaient pas besoin des Nains pour augmenter l'intensité de leur haine, née de la servitude à laquelle on avait voulu les réduire. Ils attaquaient pour ainsi dire tous les bateaux qu'ils rencontraient : « Aborder d'abord », telle était leur devise.

WaNguira se demandait comment les gagner à l'idée d'une expédition dans le sud, à la recherche d'une île sur laquelle se trouvait un peuple en perdition. Comment susciter leur intérêt ? Quel procédé employer pour qu'ils se sentent concernés ? Alors que ses compagnons sommeillaient encore, il se creusait la tête, à la recherche de l'argument adéquat.

« Ce sont nos armes qui les intéressent. Proposons-leur de les payer avec ! »

C'était Nihassah qui lui parlait. WaNguira rétorqua avec humour : « C'est toi qui lis dans mon esprit, maintenant? De si bon matin? »

« Ce n'est pas bien difficile à deviner, tu sais, pour peu qu'on réfléchisse à la même chose… J'y ai pensé toute la nuit… »

WaNguira la considéra un moment, saisi par une pensée pas si nouvelle pour lui. Il se rendait subitement compte de la communauté d'esprit qui régnait entre Nihassah et lui. Et si… Mais ce n'était pas le moment de se laisser distraire, il préféra retourner à sa réflexion sur les Floups.

« Oui, ils seraient plus intéressés par les armes que par les bijoux ou les outils de jardinage, c'est sûr… Mais comme ils ont les moyens de se les offrir… En plus, avec leur florinette, ont-ils réellement besoin d'armes? Sans doute, puisqu'ils nous en achètent… » répondit-il à la Naine.

« On pourrait leur inventer de nouvelles armes… Ou essayer de réaliser celles qu'eux-mêmes auront créées… »

« Oui, certes… »

Nihassah, trouvant que WaNguira faisait le difficile, lança, un peu moqueuse : « On pourrait sculpter des figures de proue pour leurs bateaux! Mais il ne faudrait pas oublier le gouvernail… »

Il la fixa, incrédule, comme si elle venait d'une autre planète. Nihassah rentra la tête dans les épaules, regrettant de s'être montrée insolente. Qu'est-ce qui lui prenait, de s'adresser ainsi au grand prêtre, dès le petit matin? Par la pensée, en plus! Quelle familiarité… Elle sentit le rouge lui monter aux joues et s'apprêtait à s'excuser, quand WaNguira s'approcha et, la saisissant aux épaules, s'adressa à elle à haute voix :

— L'art! Mais oui. C'est ça qui leur fait défaut. C'est ça qu'ils n'auront jamais. Ils sont de bons charpentiers, des marins émérites, ils font même d'excellents pirates, mais ce sont de piètres artistes! Tu as raison! Elles sont grotesques, leurs figures de proue! Mais ils adorent leurs bateaux. C'est comme cela qu'on va les persuader. Avec une figure de proue! On va sculpter la plus belle figure de proue qui soit, et on ira la leur porter! Une Sirène, bien sûr! Ils ne résisteront pas à notre Sirène! Elle les charmera d'autant plus qu'on leur donnera aussi le bois pour le gouvernail. Ah, Nihassah, tu es unique!

WaNguira secouait Nihassah par les épaules, sous les regards médusés de ses compagnons tirés du sommeil par ses exclamations enthousiastes.

— Hum… Des pirates excellents avec des figures d'proue grotesques… M'est avis qu'vous parlez des Floups… Y a qu'eux pour répondre à c'signal'ment! maugréa Mukutu, réveillé par le ton excité de WaNguira s'adressant à sa fille.

Il était de notoriété publique que les Floups, en bons marins et en pirates qui se respectent, étaient superstitieux dans l'âme. Ils avaient de nombreuses croyances, destinées à protéger le bateau contre le mauvais sort. La figure de proue tenait une place privilégiée dans ces croyances puisque c'était elle qui ouvrait la route au bateau. Elle devait protéger ce dernier aussi bien des monstres marins issus des profondeurs que des tempêtes, des courants, des vagues géantes, du calme plat, des rats et des ennemis en tout genre.

Les Floups, construisant eux-mêmes leurs bateaux, avaient pour habitude de sculpter cette figure de proue. Cette dernière devait être réalisée dans le même bois que le gouvernail, afin d'assurer la solidité du bateau à travers une unité symbolique.

Malheureusement, pour bons marins qu'ils fussent, les Floups se révélaient piètres sculpteurs. Leurs figures de proue étaient donc extrêmement simples, réduites à un visage de femme plus souvent peint que sculpté. Tous leurs efforts se portaient sur la finesse de l'étrave, sur la coupe effilée du bateau et sur sa légèreté, destinées à lui assurer une maniabilité idéale. En cela, ils étaient passés maîtres.

Ils demeuraient cependant l'objet de la risée générale en matière de figure de proue. Ce qui expliquait l'emballement de WaNguira pour la suggestion de Nihassah. Le grand prêtre s'empressa d'exposer son plan aux siens, sans oublier de mettre en valeur la fertile imagination de la fille du chef.

— M'est avis qu'il nous faut chercher du bois maint'nant, conclut Mukutu, gagné à la cause. Où va-t-on trouver un tronc assez gros?

— Ça, on peut l'acheter aux Hommes sans éveiller les soupçons, déclara WaNguira. De plus, la planche du gouvernail est symbolique : elle n'a pas besoin d'être immense. En revanche, nous devrons porter toute notre attention à la sculpture.

— Elle n'a pas besoin d'être immense non plus, observa Nihassah. Leurs bateaux sont fins et légers. Mais on peut la travailler dans un beau bois.

— Du mahogany? suggéra Matilah. Ou du merisier? C'est beau, quand c'est bien poli…

— Pourquoi pas du noyer? proposa Bandélé. Ça fait de jolis dessins…

— Il ne faut pas oublier que c'est un bois qui sera exposé aux intempéries, corrigea

Nihassah, toujours pleine de bon sens. Il vaut mieux miser sur la résistance à l'eau, au sel, au soleil, et même aux chocs...

— M'est avis qu'on d'vrait s'mettre en route vers les collines aujourd'hui même, annonça Mukutu. On verra bien c'qu'les Créatures ont en réserve dans leurs échoppes...

Nul ne trouva à redire à la proposition du chef : les données avaient changé, il fallait s'adapter. Les décisions précédentes se trouvaient annulées à cause de la tournure prise par les événements et les Nains procédèrent rapidement à leurs préparatifs de départ. Ils n'avaient pas eu le temps de s'installer trop confortablement dans la galerie de Lendo-Lendo et c'est sans regret qu'ils la quittèrent. Pour l'heure, une seule chose importait : s'assurer de la véracité des dires des Salamandars. Et il n'y avait qu'une chose à faire pour cela : aller vérifier sur place.

Tout en marchant, Mukutu réfléchissait et essayait de lier conversation avec WaNguira afin de développer une stratégie pour les jours à venir. Le chef se sentait plus à l'aise maintenant qu'une résolution avait été prise et il examinait la situation sous différents aspects afin de ne laisser qu'une part minime au hasard. Il classait les questions selon un ordre chronologique correspondant au déroulement présumé des événements et cherchait toujours une ou deux solutions de remplacement pour le cas où la première échouerait.

Trouver du bois ne serait pas difficile : il y avait plusieurs villes sur la côte et, dans chacune, un certain nombre de marchands, abondamment fournis puisque le bois constituait le principal matériau de construction en matière d'habitation. Mais à qui confier la réalisation de la figure de proue?

Il y avait quelqu'un de tout indiqué pour cela : Bélimbé le sculpteur. Il avait de l'or dans les mains, tellement il était doué pour cet art. Il possédait le pouvoir de transformer n'importe quel morceau de bois en quelque chose de beau. Il suffisait qu'il ramasse une branche sèche sur le sol pour qu'elle commence sa vie d'objet d'art, rien que par la façon dont il la tenait, l'angle sous lequel il la présentait aux autres.

Sculpter une figure de proue en forme de sirène serait pour lui un jeu d'enfant. Il regarderait longuement son billot de bois, le toucherait, le palperait, le tâterait, le soupèserait, le scruterait, puis le contemplerait encore, sans bouger. Cette opération, pendant laquelle il prétendait se pénétrer de l'âme du bois, pouvait durer de quelques heures à plusieurs jours. Pendant ce temps, il valait mieux ne pas l'approcher. De toute façon, il était inutile de lui parler, il ne répondrait pas. Il était devenu bois lui-même. Fondu dans l'essence même du végétal, il traçait dans sa tête le chemin qui le mènerait à l'objet final. Puis, d'un seul coup, il attaquait le matériau brut, sans hésiter, et ne le lâchait plus jusqu'au dernier coup de chiffon destiné à le faire reluire.

Mukutu l'avait déjà vu au travail, et savait que la plus belle figure de proue serait celle par lui sculptée. Mais il y avait un hic : Bélimbé était Gnahoré. Quelle avait été son évolution depuis son départ pour les collines ? Accepterait-il de sculpter un objet pour les Floups, ces bandits des mers ennemis des Hommes ? S'il refusait, qui d'autre, à part lui, pouvait se voir proposer la facture de la sculpture ? Toute une série de noms se présentait alors à l'esprit de Mukutu, dont les détenteurs se débrouillaient plutôt bien, à force de travail et d'application : Babah, Séméni, Bayé, Dofi, Aligo... Mais Bélimbé, lui, était un artiste et c'était là que résidait toute la différence.

Une fois la sculpture réalisée, où trouver les Floups ? Ces derniers étaient plus souvent en mer qu'à terre puisqu'ils fuyaient les Hommes. Ou alors dans une de leurs lointaines îles. Comment entrer en contact avec eux ? Il faudrait un hasard providentiel pour que l'un d'entre eux cherchât justement à se procurer une arme fabriquée par un Nain.

Mukutu, ne trouvant pas de solution satisfaisante à cette question, interrogea plusieurs fois WaNguira. Ce dernier, l'esprit visiblement ailleurs, émettait des réponses floues, des « oui » qui ne répondaient à aucune interrogation, des « on verra » vagues et indéterminés.

— Enfin, WaNguira, m'est avis qu'il faut bien savoir dans quelle direction on va, non? s'écria Mukutu, excédé, en l'attrapant par le bras.

WaNguira réagit à peine, se contentant de lui jeter un regard absorbé.

— Je crois que j'ai enfin trouvé mon successeur, lâcha-t-il comme pour lui-même.

12

Les différentes nouvelles s'étaient répandues rapidement, créant la tempête dans les esprits tour à tour bouleversés ou remplis d'espoir. Cela faisait plusieurs jours que WaNguira, Mukutu et les derniers groupes de Nains avaient rejoint leurs frères dans les collines de Koulibaly. La discrétion était de mise, puisqu'il ne fallait surtout pas alerter les Hommes par une invasion inopinée. Même les Gnahorés ignoraient que leur ancien domicile était maintenant investi par la nanitude au complet.

Ils envoyaient des vivres en quantités qu'ils croyaient généreuses – et effectivement largement suffisantes pour nourrir quelques bouches – mais qui se révélaient congrues quand il s'agissait de les partager entre tous.

Les nouveaux habitants des collines compensaient les manques avec ce qu'ils grappillaient dans les environs, y ajoutant les produits peu fructueux de la chasse, et ceux, plus substantiels, de la pêche. Un équilibre précaire s'était installé.

Tous savaient que la situation était provisoire. Ils vivaient donc au jour le jour, soucieux de ne pas se faire remarquer, tout en éprouvant une certaine curiosité à l'égard des villages de la côte. Quand l'achat de nourriture se révélait nécessaire pour pallier l'insuffisance des provisions fournies, ils prenaient soin d'aller dans les villages les plus lointains, afin de donner l'impression d'être des voyageurs de passage. Ce faisant, ils dressaient discrètement l'inventaire des bois disponibles sur le marché, interrogeant les marchands sur les qualités respectives de chaque essence.

Malgré leur discrétion, le bruit commençait à se répandre que des Nains en voyage étaient en quête d'une bille de bois solide, susceptible de résister aux rudes intempéries marines. Une émulation naissait parmi les commerçants, qui avaient l'intuition d'une affaire prometteuse. Il était rare que ce soit les Nains qui aient besoin des Hommes, il y avait là une petite revanche à prendre. On le leur ferait payer cher, ce bois…

Le cours des événements s'était accéléré avec le retour de Babah et de sa troupe. Ils revenaient bredouilles en ce qui concernait Gaïg et Dikélédi, dont ils n'avaient trouvé aucune trace.

Partis vers le sud en passant à l'ouest de la forêt de Nsaï, ils étaient remontés vers le nord en empruntant la route de l'est, qui longeait la côte. Ce faisant, ils avaient parcouru tous les villages de la côte est du pays de N'Dé, en quête du moindre indice qui les mettrait sur la voie pour retrouver les deux filles. Peine inutile, ils avaient allongé leur voyage pour rien, avait conclu Babah, exténué et découragé : Gaïg et Dikélédi avaient disparu.

C'est en arrivant au village de Shango, le plus proche des collines de Koulibaly, qu'ils avaient appris que des Nains de Nsaï avaient élu domicile dans ces dernières. Ils avaient été fort surpris, en y arrivant, d'y découvrir la nanitude presque au complet, en dehors des Gnahorés.

On leur avait alors communiqué les récentes informations reçues des Salamandars et on les avait informés des derniers projets en cours, avec les nombreuses interrogations qui les accompagnaient. Babah et son groupe avaient éprouvé des sentiments divers en entendant les nouvelles stupéfiantes concernant les Kikongos, sentiments néanmoins identiques dans leur succession à ceux éprouvés auparavant par leurs frères.

L'idée de la figure de proue sculptée à offrir aux Floups avait rencontré l'approbation de Babah, qui avait surpris tout le monde en annonçant qu'il savait où trouver les pirates.

— Quelqu'part en mer, j'suppose, avait lancé Mukutu, narquois. M'est avis qu'Babah a appris à nager pendant son voyage…

— Pas besoin de savoir nager pour les joindre, avait rétorqué Babah très sérieusement. Ils ont un village caché sur la côte.

— À terre? Tu veux rire? Et puis s'il est caché, comment tu l'sais?

— Nous avions quitté la route pour la nuit et nous nous étions rapprochés de la mer pour nous reposer. Une idée romantique de Dame Keyah, qui voulait dormir en entendant la rumeur des vagues. Pourquoi pas? On a beau préférer les cavernes et les grottes, une nuit à la belle étoile au bord de l'eau, c'est aussi une expérience à faire.

« Et puis, nous étions trop fatigués et démoralisés pour chercher un abri souterrain… Nous nous sommes installés sur la première plage de sable que nous avons rencontrée.

« C'est dans le milieu de la nuit que nous avons été réveillés par des cris. Un groupe de brigands, des Hommes, qui avaient capturé trois Floups, dressait son campement tout près de nous, sans savoir que la plage était déjà habitée. Pas commodes, les Créatures, je peux vous l'affirmer… C'est à coups de poing et de bâton qu'ils s'adressaient aux Floups prisonniers.

« Mais c'est vrai qu'il faut se méfier de ces derniers. Même attachés, ils lançaient des coups de pied redoutables. Leur fameuse florinette… Les Hommes les ont jetés sur le sable pour la nuit, ont soupé rapidement sans rien leur donner d'autre que de l'eau, et se sont endormis immédiatement, abrutis par l'alcool qu'ils avaient ingurgité.

« C'est ce qui nous a permis de délivrer facilement les Floups. Nous n'en menions pas large, bien sûr, mais l'obscurité représentait un avantage pour nous. Une fois que les Floups ont eu pris conscience de notre présence, nous avons pu couper leurs liens sans problème et les libérer. Après, il a fallu s'enfuir, bien sûr, mais ils connaissaient la côte par cœur, et ils nous ont amenés à leur village. »

L'auditoire, subjugué, avait écouté le récit de Babah. WaNguira, en l'entendant, s'était dit que les événements s'enclenchaient d'eux-mêmes dans la direction qu'il souhaitait leur donner. Tous avaient attendu la suite avec impatience.

— Nous avons été très bien reçus, comme de bien entendu, puisque nous avions libéré trois des leurs qui étaient prisonniers. Ce village est tout petit. Leurs véritables repaires sont dans des îles plus ou moins lointaines, dans le sud : ils ne veulent plus fréquenter les Hommes. Mais Flopi, un de leurs plus redoutables capitaines, s'est installé sur cette presqu'île : il prétend qu'il veut avoir un pied à terre dans le pays de N'Dé si jamais il devient cul-de-jatte! Il a un certain humour, le Floup…

Après s'être arrêté un moment, il avait repris, contraint de continuer par tous ces regards qui convergeaient vers lui :

— Les maisons sont construites sur pilotis. Mais certaines sont en réalité des pirogues habitables. Le village est très bien caché par les arbres. Il est difficilement accessible par voie de terre, à cause de la végétation. Si on ne sait pas qu'il est là, on ne soupçonne même pas son existence.

— Mais tu pourrais l'retrouver? avait interrogé Mukutu.

— Je pense que oui, sans problème.

— Et ils accepteraient d'nous aider?

— La réponse est plus délicate. Mais ils détestent toujours les Hommes, et ces derniers ne leur font pas de cadeau non plus, puisqu'ils les pourchassent. Ils kidnappent parfois leurs enfants pour en faire des mousses qu'ils peuvent maltraiter tout leur soûl en mer. Mais ces derniers réussissent à s'échapper dès qu'ils sont un peu plus âgés…

— On a déjà le bois pour la figure de proue? avait demandé brusquement Afo, passant du coq à l'âne. Qui va la sculpter? Bélimbé? Pour elle comme pour Mukutu, Bélimbé s'imposait comme le sculpteur tout désigné pour réaliser ce travail.

— On a trouvé une bille d'gommier blanc qui d'vrait faire l'affaire, avait répondu Mukutu. C'est un bois qui s'conserve bien avec l'eau d'mer. M'est avis qu'il faudra marchander ferme, la Créature a senti qu'on l'voulait. Elle d'mande l'prix fort.

— On paiera ce qu'elle demande, avait annoncé WaNguira. Mais maintenant qu'on a trouvé le bois, il faut contacter Bélimbé. On s'apprêtait à le faire quand vous êtes arrivés. Il habite à Shango, dans une drôle de maison à la façade tarabiscotée, mais il ne sculpte plus, semble-t-il.

— M'est avis qu'il est trop occupé à faire l'beau sur ses talons hauts dans les salons…

— Je peux venir avec vous, avait proposé Afo, malgré sa fatigue. On a beaucoup joué ensemble autrefois. On s'entendait bien.

WaNguira avait arrêté son regard sur elle, cherchant dans ses souvenirs. C'était vrai que Keyah et Afo avaient été compagnes de jeu de Bélimbé, avant le Premier Exode. Peut-être qu'elles pourraient le convaincre mieux que lui. Mais les Gnahorés avaient tellement changé… Qui pouvait prévoir leurs réactions? Il avait acquiescé néanmoins, désireux de mettre toutes les chances de son côté.

La conversation avait encore duré longtemps. Babah et ses compagnons avaient raconté leur voyage dans le détail, n'omettant aucune de leurs péripéties. Mais ils interrompaient parfois leur récit pour poser des questions à leurs frères de Nsaï sur leurs propres aventures. À la fin, WaNguira avait donné le signal du coucher, annonçant qu'il partirait le lendemain à l'aube avec Afo et Keyah, pour rendre visite à Bélimbé.

Mukutu aurait aimé faire partie du voyage, mais il savait sa patience très restreinte quand il s'agissait des « Gnas ». Il les avait vus plusieurs fois à l'œuvre quand, inquiets et furtifs, ils apportaient des chariots de nourriture aux nouveaux habitants des collines. Ils avaient une peur bleue de se faire remarquer par les

Hommes, mais ils n'entraient pas pour autant dans les cavernes, qui leur rappelaient par trop un passé qu'ils rejetaient. Ce qui arrangeait bien les Nains sur place, qui ne tenaient pas à ce qu'on devine leur nombre.

Les Naines dévisageaient avec avidité les rares femmes gnahorés qui, poussées par la curiosité ou par le désir d'étaler leurs richesses et de montrer leurs « belles manières », s'aventuraient jusque-là. Tchitala était subjuguée par les éventails de ces dames, et prétendait qu'il n'avait jamais fait aussi chaud. Elle utilisait ce prétexte pour se saisir de la première chose un peu plate qui lui tombait sous la main, couvercle de marmite ou feuille de chou, et s'éventait avec affectation. Petit à petit, le mouvement de son poignet s'accélérait, et à la fin, elle s'écroulait de rire, en sueur, prétendant que cette invention infernale donnait encore plus chaud.

Kalenda se juchait sur n'importe quoi pour se grandir, voulant vérifier si le monde était différent vu de plus haut. Elle avait essayé toutes les chaussures mises à sa disposition, les fameux « cadeaux » de Zembélé aux siens, allant même jusqu'à placer des cailloux à l'intérieur, afin de créer un faux talon. Mais là non plus, l'expérience n'avait pas été concluante : elle ne comprenait pas pourquoi les femmes gnahorés se faisaient souffrir ainsi.

Généralement, les essais de mode se terminaient dans le rire, avec force « ma chère sœur » et « très chère amie », et on revenait bien vite aux mœurs traditionnelles qui avaient fait leurs preuves depuis des siècles. Non que les Naines refusassent d'évoluer, mais encore fallait-il leur prouver que cette évolution était justifiée et qu'elles avaient à y gagner.

Le même état d'esprit régnait chez les hommes, et l'ambiance générale était plutôt à la moquerie affectueuse. Sauf Mukutu et quelques autres rouspéteurs de la même génération, qui avaient du mal à rire des petits travers des « Gnas » et à garder leur calme. Ils bougonnaient et maugréaient dans leur coin, marmonnant que tout cela n'avait rien de drôle, et que la nanitude était déjà bien assez éparpillée comme ça, pour ne pas créer encore une nouvelle ségrégation.

De lui-même, Mukutu avait décrété qu'il ne mettrait jamais les pieds chez un Nain porteur de chaussures à talons hauts. La caractéristique fondamentale du Nain résidait dans sa petite taille, et pour lui, c'était renier sa race que vouloir se grandir. En revanche, il voulait bien s'occuper de l'achat de la bille de bois :

marchander, c'était son fort, avait-il décrété avec fierté.

WaNguira, connaissant son caractère bourru, avait été secrètement soulagé par cette décision sans appel concernant une visite aux « Gnas », et sans lui donner le temps de changer d'avis, avait annoncé de but en blanc qu'il avait trouvé celle qui prendrait sa succession.

Le silence s'était fait immédiatement, et en un instant, il était devenu le point de mire de l'assemblée. Les Nains n'étaient pas certains de ce qu'ils avaient entendu, tellement la nouvelle paraissait incroyable. Non seulement WaNguira s'était enfin décidé à choisir son successeur, mais de plus… Non, ce n'était pas possible…

Les regards convergeaient maintenant vers Mukutu : c'était lui le chef, il devait être au courant. Mais ce dernier ouvrait des yeux ronds, preuve de son ignorance et de son incrédulité. Il avala plusieurs fois sa salive avec difficulté, ne cherchant même pas à dissimuler sa surprise, et finit par articuler péniblement :

— « Celle »?

— Oui, « Celle »! Celle qui me succédera, avait repris WaNguira d'un ton détaché, comme s'il annonçait que le temps changeait ou que l'heure du dîner approchait.

Les Nains étaient perdus, ils ne comprenaient plus. Se pouvait-il que le prochain grand prêtre soit une femme? Ce n'était pas possible, cela ne s'était jamais vu auparavant. Les regards allaient de l'un à l'autre, chacun essayant de se représenter intellectuellement la chose et de deviner qui était l'élue. Finalement, les regards se portèrent d'eux-mêmes vers Nihassah blottie sur sa couche, la seule à ne pas afficher un air étonné et interrogateur. Elle fut saisie d'un accès de timidité mais WaNguira vola immédiatement à son secours :

— Je suis heureux de voir que vous avez deviné. C'est donc que j'ai bien choisi.

13

Une fois son annonce faite, WaNguira avait disparu avec Afo et Keyah sous prétexte de préparer sa démarche auprès de Bélimbé. Il désirait en apprendre le maximum sur ce dernier. Mais tant de temps s'était écoulé depuis ses premiers jeux d'enfants avec les jumelles… Plusieurs décennies… Quelle sorte d'adulte était-il devenu? Et le souvenir qu'en avaient gardé les jumelles serait-il plus proche de la réalité que la vision de l'artiste extrêmement doué que WaNguira avait en tête? Les deux portraits se compléteraient sans doute.

Finalement, la zone d'ombre du personnage résidait dans son évolution récente. Bélimbé était-il encore un Gnahoré, un Nain à part entière avec une sensibilité d'artiste et de la magie dans les mains, ou était-il devenu un « Gna »? Le fait qu'il ait abandonné lui aussi l'habitat traditionnel cavernicole pour cette drôle de maison basse, écrasée par ses voisines à étages, ne plaidait pas en sa faveur. Mais l'originalité même de la façade, sculptée à outrance, pour ne pas dire tarabiscotée, laissait un espoir : malgré les rumeurs, il continuait peut-être à exercer son art.

WaNguira discuta longuement avec Keyah et Afo avant de se laisser aller au sommeil. Mukutu de son côté réfléchissait au marchandage du lendemain. Macény, la mère de Mfuru, avait proposé de l'accompagner, prétextant qu'une présence féminine déstabiliserait le commerçant. Tout le monde avait compris que c'était une façon pour elle de participer à l'entreprise générale de sauvetage des Kikongos, et plus particulièrement de Do, son époux adoré trop tôt disparu.

Elle avait été bouleversée par l'annonce de WaNguira lui apprenant que son compagnon était vivant, mais en piteux état. Bien que soulagée de savoir Mfuru aux côtés de son père, elle estimait que plus tôt elle le retrouverait, mieux cela vaudrait pour lui : elle était seule habilitée à prendre soin de lui de façon adéquate. Et pour ce faire, elle était prête à remuer ciel et terre. L'achat de la bille de gommier blanc ne représentait qu'une première étape avant la réunion familiale, étape qui serait escamotée s'il le fallait : elle était prête à voler le bois et à l'emporter sur son dos si le marchand ralentissait la vente en demandant un prix de départ trop élevé.

La nuit fut longue et agitée pour elle comme pour Mukutu, WaNguira, Keyah et Afo. La préparation des entrevues du lendemain se fit aussi bien en rêves qu'en pensées, et réveillés dès potron-minet par un énervement teinté d'anxiété, ils choisirent de se mettre en route sans plus attendre.

— On peut faire route ensemble jusqu'à Shango, avait proposé WaNguira. Ensuite, vous continuerez seuls jusqu'à Bamako.

Les premières lieues s'étaient effectuées dans la fraîcheur du petit matin, ce qui leur avait permis d'avancer rapidement. Chacun était plongé dans ses pensées et le silence régnait. Longtemps après, des sifflements stridents avaient attiré leur attention. C'était Babah qui, à la surprise de tous, essayait vainement de les rattraper.

— Vous avez le feu aux trousses, ou quoi? avait-il demandé, tout essoufflé. Je ne vous ai pas entendu partir et depuis l'aube, je vous suis à la trace. Mais vous marchez vite…

— M'est avis qu't'aurais dû prévenir qu'tu voulais être du voyage, l'Nain, avait rétorqué

Mukutu. Me s'rais fait un plaisir d'te s'couer pour t'réveiller, crois-moi!

— C'est bien ce que j'ai voulu éviter, figure-toi. Mais sachant le bruit que tu fais quand tu te déplaces, j'ai cru que je vous entendrais partir.

— Perdu, alors! Suis plus léger qu'un nuage quand j'veux! Tu vas voir Bélimbé ou tu viens à Bamako avec nous?

Babah hésita.

— À vrai dire, je ne sais pas… Les deux options m'intéressent.

— Faudrait voir à t'décider avant qu'on s'sépare, alors.

— Et pourquoi n'irions-nous pas acheter le bois ensemble? proposa Keyah. Bélimbé est plus susceptible de se laisser fléchir s'il a le gommier sous les yeux, non? Ça lui fera envie…

— Et si on le laisse le toucher, il ne pourra plus refuser, annonça Afo. Une bille de beau bois brut, ça ne se refuse pas, quand on est sculpteur dans l'âme comme lui…

— C'est un piège, commenta WaNguira, mais c'est une bonne idée. D'accord pour la suivre. Allons tous à Bamako.

Le fait de savoir qu'ils feraient les choses ensemble les rasséréna. La solidarité nécessaire à la survie en milieu souterrain les avait habitués à agir en groupe. Dans ces cas-là se créait un esprit commun, propre au groupe et focalisé sur l'action à accomplir, beaucoup plus puissant que l'esprit individuel.

Mukutu n'émit aucune objection, assez content au fond de lui de rester avec les autres pour acheter le bois. Pour la suite, il verrait, le moment venu, s'il irait ou non chez les « Gnas ». Ce serait peut-être un moyen de satisfaire la secrète curiosité qu'il éprouvait à leur égard, malgré ses bruyantes et volubiles critiques. Sûr qu'ainsi, il trouverait de nouveaux arguments pour étayer ses diatribes, preuves à l'appui !

Le soleil commençait à se faire haut dans le ciel quand ils virent des silhouettes qui se détachaient dans le lointain. Une prudence ancestrale les poussa à avancer en se cachant dans les fourrés disséminés le long du sentier. Les Nains n'étaient jamais totalement à l'aise hors de leurs cavernes et les grands espaces dénudés les faisaient se sentir vulnérables. Tant qu'ils ne savaient pas à qui ils avaient affaire, ils préféraient ne pas se faire remarquer.

Tout à coup, Macény, qui les précédait, les fit sursauter en sautant au milieu du sentier, où elle commença à agiter les bras. Ils surent alors qu'il n'y avait rien à craindre et la rejoignirent.

— M'est avis qu'c'est l'équipe d'ravitaillement des « Gnas », observa Mukutu. Non mais, r'gardez-les avancer, avec leurs chaussures et leurs chapeaux en hauteur! Même leur démarche a changé…

— C'est pourquoi j'ai mis du temps à les reconnaître, avoua Macény. Je les trouvais trop grands pour des Nains…

— Des Nains… Des Nains… M'est avis qu'c'est plus des Nains, ces gens-là!

— Estimons-nous déjà heureux qu'ils nous nourrissent, Mukutu, commenta WaNguira. Après tout, rien ne les y oblige…

— Dis plutôt qu'ils n'veulent pas trop nous voir dans les villages d'la côte… On leur fait honte, à nos « frères », avec nos pieds écrasés et notre p'tite taille…

WaNguira s'arrêta et plongea sans ambages son regard dans celui de Mukutu.

— Personne ne te demande de changer ce que tu es, chef des Lisimbahs. Alors laisse aux autres le choix de leur destinée.

Il y avait dans la voix de WaNguira une intonation qui ne laissait aucune place à la réplique, et Mukutu comprit la leçon. Même si c'était humiliant pour lui de se faire rappeler à l'ordre par le grand prêtre en présence de tiers, il savait que le meilleur moyen de garder la tête haute et son prestige de chef était de donner l'exemple en acceptant la remontrance. De façon impulsive, il ouvrit la bouche pour répliquer, mais serra les lèvres et baissa le regard.

Afo et Keyah, pour ne pas le gêner davantage, s'absorbèrent dans la contemplation des Gnahorés qui approchaient, tandis que Macény avançait à leur rencontre. Babah, pour alléger l'atmosphère, lui donna une sympathique bourrade dans le dos en lui murmurant quelque chose à l'oreille. Mukutu, comme s'il n'avait attendu que cela, se retourna avec une prestesse étonnante, et lui décocha un coup de poing dans le ventre, auquel Babah répliqua immédiatement. Les deux Nains roulèrent sur le sol, et s'ensuivit une mêlée dans la poussière du chemin. Mukutu frappait de façon désordonnée, Babah esquivait en riant.

Afo et Keyah respirèrent, WaNguira sourit : Mukutu passerait ses nerfs sur Babah et l'incident n'aurait pas de suite. Babah l'avait volontairement provoqué en l'insultant dans le creux de l'oreille afin de lui permettre d'évacuer sa colère en se battant contre lui. C'était là un bel exemple d'amitié et WaNguira se sentit réconforté : la nanitude n'était pas en perdition et les valeurs ancestrales régnaient encore.

La bataille entre Mukutu et Babah perdait de sa force et se transformait en une joute amicale de laquelle fusait un début de rire. Le groupe de Gnahorés tirant un chariot de vivres arriva sur ces entrefaites et acheva de créer la diversion. Les deux adversaires se relevèrent, rigolards et couverts de poussière, cheveux et vêtements en désordre. Mukutu, essoufflé, avait déjà oublié les causes de la bataille, et dévisageait, à la fois jovial et curieux, les êtres qui se tenaient en face de lui.

— Salut, les « Gnas »! dit-il en guise d'accueil. En forme? M'est avis qu'vous nous apportez d'la subsistance, dans votr' chariot. C'est bien aimable à vous!

— On vous le laisse là? demanda aussitôt un des Gnahorés, visiblement peu désireux d'aller plus loin.

WaNguira intervint :

— Malheureusement, nous n'allons pas vers les collines, mais vers Shango. On va rendre visite à Bélimbé.

— À Bélimbé? reprit, interloqué, un Gnahoré répondant au nom de Fé.

— Oui, à Bélimbé, reprit Macény. Il y a un problème?

Fé baissa la tête :

— Il ne veut voir personne. Il est très démoralisé et s'enferme chez lui.

— Pourquoi ? interrogea Afo, surprise. Pourquoi est-il comme cela ?

Fé baissa encore plus la tête. On l'entendit à peine.

— C'est mon ami. Il n'est pas heureux. Je pense que la vie en ville ne lui plaît pas. Au lieu de construire des étages, comme tout le monde, il a creusé des pièces en profondeur, dans le sous-sol de sa maison. Il sort de moins en moins.

— Il est seul ? questionna Afo. Enfin, je veux dire, il n'a pas de compagne ?

Elle se sentit rougir en disant cela, mais personne ne releva. Tous attendaient la réponse.

— Oui, il est seul. Il a un mal secret qui le ronge et le rend triste. Il sculpte de moins en moins. On dirait que plus rien ne l'intéresse…

Fé continua :

— À un moment, il a envisagé de retourner vivre dans les collines. Mais Abomé s'y est opposé. Il dit que nous ne sommes pas des taupes ou des vers de terre. J'aimais bien les collines, moi aussi…. J'étais prêt à y revenir, pour accompagner Bélimbé… C'est pourquoi je suis toujours volontaire pour y conduire le chariot de vivres…

La voix de Fé n'était plus qu'un chuchotement. Visiblement, cela lui déplaisait, de parler ainsi devant ses frères gnahorés. Mais ces derniers, voûtés, gardaient le silence et WaNguira se demanda s'ils ne partageaient pas secrètement les envies de Fé et de Bélimbé. Pour la première fois, les Lisimbahs percevaient une fissure dans l'édifice social des Gnahorés et pressentaient une tyrannie de leur chef.

— Accompagne-les, Fé, proposa un des Gnahorés présents. On sera bien assez pour pousser le chariot. Peut-être qu'ils réussiront à sortir Bélimbé de sa léthargie… Et si vous pouvez le ramener aux collines, ça ne sera pas plus mal, ajouta-t-il doucement.

Fé hésitait. WaNguira prit la direction des opérations.

— Il a raison, Fé : cela nous aiderait, si tu venais avec nous. Nous ne sommes pas très au courant de la situation dans les villages de la côte. Et si Bélimbé est si abattu que ça, il peut refuser de nous recevoir. Avec toi, ce sera plus facile. On lui apporte du travail. Peut-être que ça le sortira de sa mélancolie…

Ce dernier argument balaya les hésitations de Fé.

— D'accord, je viens. À plus tard, les amis, lança-t-il en direction de ses compagnons.

Les deux groupes se séparèrent, chacun s'éloignant dans une direction opposée.

WaNguira attendit qu'ils fussent à bonne distance, hors de portée d'oreille, pour poser sa question.

— Alors, Fé, dis-nous ce qui se passe réellement chez les Gnahorés, demanda-il abruptement.

— Il ne se passe rien, justement. Tout ce qui touche de près ou de loin aux activités traditionnelles des Nains est banni. Pas de forge, pas d'orfèvrerie, rien. Abomé ne veut pas de « mains sales ». Il désire faire de nous des commerçants, et seulement ça. Alors Bélimbé se meurt de langueur parce qu'il ne peut plus sculpter.

— M'est avis qu'le cousin Abomé a perdu la tête! conclut immédiatement Mukutu. Et pas lui seul, sembl…

Babah l'avait cogné du coude pour qu'il se taise. WaNguira lui jeta un regard reconnaissant, puis s'adressa de nouveau à Fé :

— Crois-tu que Bélimbé accepterait de réaliser une sculpture pour nous?

— Si Abomé ne s'y oppose pas, je pense que oui. Bélimbé a vraiment besoin d'être secoué, sinon il mourra de langueur.

— On ne demandera pas d'autorisation à Abomé, c'est tout, déclara fermement WaNguira.

Puis, s'adressant à la compagnie :

— Puisque Fé nous accompagne, je propose que nous nous rendions d'abord à Shango, chez Bélimbé. On essaiera de le décider à venir choisir le bois avec nous, ça le motivera.

14

Les Kikongos réinvestissaient la mine petit à petit. Ils préféraient de loin cet habitat cavernicole aux cabanes des Hommes. De plus, ils avaient un trésor à reconstituer, et maintenant qu'ils pouvaient exploiter le gisement aurifère pour leur propre compte, ils s'en donnaient à cœur joie. Ils avaient construit une forge rudimentaire, et creusaient de nouvelles galeries dans le sous-sol de l'île.

Gaïg profita de cette reprise d'activités pour visiter la mine. Pour une fois, elle n'avait pas d'escorte. Les Naines l'accompagnaient volontiers dans l'eau ou sur l'île, mais là, personne ne se déplaça. Gaïg en déduisit qu'elle se faisait des idées et qu'elle n'était nullement surveillée par qui que ce soit. Seul Txabi l'accompagnait, enroulé comme d'habitude autour de son cou pour un somme.

Gaïg pénétra dans la mine et, dès l'abord, elle constata qu'elle aimait toujours aussi peu les souterrains. Mais ceux-ci lui semblaient moins redoutables et elle ne craignit pas d'avancer, d'autant plus qu'elle rencontrait parfois des Nains à l'ouvrage. Ils lui disaient tous bonjour gentiment, avec une affection teintée de respect, lui semblait-il. Après des années de lutte pour survivre dans un village hostile, Gaïg appréciait de se sentir aimée et d'avoir des amis, même si elle trouvait qu'elle n'avait pas fait grand-chose pour mériter cette amitié, et encore moins ce respect, nouveau pour elle.

Elle ne considérait même pas qu'elle avait aidé à libérer les Kikongos puisqu'à ses yeux elle n'avait joué aucun rôle déterminant dans l'histoire. Elle n'avait pas guidé volontairement la barque vers l'île, c'étaient les Sirènes qui l'avaient conduite là. Gaïg commençait à désespérer de revoir ces dernières, elles n'avaient plus donné signe de vie depuis l'arrivée sur l'île. Pourtant, ce n'était pas faute de les avoir cherchées, y compris sur les plages avoisinantes.

Une ou deux fois, Gaïg avait perçu une ombre, un mouvement, une vibration dans l'eau, mais le temps qu'elle arrive sur les lieux, il n'y avait plus rien. Elle était retournée avec Loki et Txabi sur la plage du débarquement initial mais là non plus elle n'avait rien trouvé. Ou plutôt si : de curieux déchets de poissons au fond de l'eau, comme si un festin avait été interrompu. Des coquillages fraîchement ouverts et vidés de leurs habitants, de grandes arêtes de poissons, des crevettes à moitié décortiquées, tout cela voisinait avec des nids d'algues dans lesquels reposait encore ce qui pouvait être considéré comme le reste du repas, pas encore consommé.

Gaïg n'avait pas compris tout de suite et avait d'abord cru à un amoncellement de débris dû au courant. C'est quand elle avait constaté la relative fraîcheur des déchets qu'elle avait émis l'hypothèse qu'elle dérangeait un animal en train de se nourrir. Mais les nids d'algues avaient attiré son attention : quel animal marin plaçait ainsi les mets sur un plat avant de les déguster ? Gaïg était restée longtemps dans l'eau ce jour-là, à inspecter les moindres rochers de l'anse. Peine perdue, aucun animal inconnu n'était apparu, et encore moins une Sirène.

Gaïg pensait à ces débris alimentaires sous-marins quand elle arriva en vue du lac souterrain. WaNdo avait raison : malgré l'obscurité, elle jugea qu'il devait être immense.

Elle aperçut un groupe de Nains au bord du lac, entourés de pierres lumineuses. Elle s'approcha et vit qu'ils avaient construit une espèce de radeau en transportant des troncs d'arbres depuis la surface. Loki était avec eux, agité et sautillant, pas vraiment utile, mais fort intéressé par l'opération. Gaïg pensa immédiatement que c'était lui qui avait suggéré aux Nains l'idée de ce radeau pour explorer le lac.

Elle s'assit à côté d'eux, les regardant travailler, peu désireuse de s'aventurer dans ces eaux sombres qui lui rappelaient les Vodianoïs. Le radeau était terminé et les Nains essayaient de le mettre à l'eau. L'opération se révélait plus difficile que prévu, à cause de la lourdeur des troncs d'arbres qui le composaient. Il était visible qu'il avait été construit rapidement. Gaïg jugea que ce n'était pas là le travail habituel des Nains et que Loki avait dû houspiller un peu ces derniers pour qu'ils aillent plus vite. Elle sourit intérieurement, se disant qu'ils seraient bien attrapés s'ils coulaient. Les Nains apprendraient à leur détriment qu'il ne fallait pas écouter un Pookah.

Gaïg humait sans s'en rendre compte l'air alentour, à la recherche d'elle ne savait quoi. Ce fut Txabi qui la mit sur la voie en lui chuchotant doucement à l'oreille d'une voix encore ensommeillée « Ça sent la mer, hein ? »

Il lui laissa à peine le temps d'analyser sa pensée et continua, bien réveillé cette fois :

— Le lac communique avec l'extérieur. Il y a une ouverture qui donne sur une côte rocheuse. On ne peut pas la voir de l'extérieur, ça a l'air d'une flaque laissée par la mer dans les rochers. Mais c'est profond. J'y suis allé.

Gaïg était ébahie.

— Mais comment as-tu pu aller aussi loin tout seul ? C'était dangereux…

— Je me suis laissé flotter sur un morceau de bois. Parfois, j'ai nagé. Je suis un grand explorateur, comme Loki. J'ai visité tout le lac.

Gaïg n'en revenait pas.

— C'est donc ce que tu faisais quand tu as disparu plusieurs jours de suite ?

Txabi allait continuer, mais Loki arriva sur ces entrefaites.

— Hi ! hi ! le radeau flotte ! Prêts à embarquer, hé ! hé ? On vous invite !

Gaïg hésita, considérant ce que Loki appelait le « radeau » : un assemblage de troncs mal équarris, susceptibles de se séparer au moindre choc. Mais elle était intriguée par les paroles de Txabi, et la curiosité l'emporta. De toute façon, elle pourrait toujours nager, en cas de besoin. Et les Nains? Bah, eux aussi savaient nager maintenant. Ils étaient déjà sur le radeau, avec l'air de l'attendre. Txabi les avait rejoints. Elle se décida.

Il ne lui fallut pas longtemps pour constater que le radeau était lourd et difficile à manier, les rames grossières, mais Loki était debout à l'avant, tel un capitaine, l'air conquérant et sûr de lui, essayant de percer l'obscurité. Les Nains n'avaient pas plus que ça l'air rassurés, mais ils ramaient, et le radeau avançait.

Gaïg, une fois de plus, regrettait l'absence de lumière. Elle se demandait ce qui pouvait pousser Loki à cette exploration, étant donné qu'il ne voyait pas mieux qu'elle dans l'obscurité. Il avait placé une rangée de pierres lumineuses à l'avant du radeau, mais leur éclat était dérisoire face aux ténèbres ambiantes. Gaïg s'assit plus confortablement, n'ayant rien d'autre à faire que jouer aussi à l'exploratrice. Elle verrait bien ce qu'il en résulterait.

Elle goûta l'eau : effectivement, elle était salée, avec un léger arrière-goût de moisi. Gaïg la recracha et en déduisit que malgré la communication avec la mer, le lac ne devait pas renouveler la totalité de son eau chaque fois.

Les Nains naviguaient en suivant les bords du lac, afin d'être sûrs de ne pas se perdre :

en en faisant le tour, ils étaient sûrs de revenir tôt ou tard à leur point de départ. Loki avait repris ses conciliabules avec Txabi, tout en inspectant soigneusement les parois à pic de la caverne qui dominait le lac. La voûte n'était pas très élevée, et Gaïg se demanda si l'eau ne rejoignait pas le plafond au moment des grandes marées. Auquel cas, le lac n'existait même plus en tant que tel.

Elle se sentait oppressée par une angoisse diffuse qu'elle ne contrôlait pas, mais qu'elle aurait été incapable de définir. Elle n'aimait pas ce lac, c'était tout, et elle n'aimait pas les cavernes en général, et tout ce qui avait trait à la vie souterraine. Elle avait presque envie de plonger et de rejoindre à la nage la petite plage sur laquelle elle avait embarqué. Mais les Nains ne comprendraient pas. Peu désireuse de jouer les trouble-fêtes, elle s'assit sur une pierre lumineuse et se perdit dans sa propre rêverie, entendant sans écouter le babillage diffus de Loki et de Txabi.

Les mots « galerie », « faille », « Salamandar », « Nain » revenaient souvent, mais Gaïg ne s'en émut pas outre mesure. Depuis quelque temps, c'était là leur lot quotidien. Elle dressa l'oreille en entendant « passage sous-marin », mais les deux compères baissèrent la voix à ce moment-là et Gaïg replongea dans ses pensées.

Loki fit approcher le radeau tout près de la paroi de la caverne et inspecta soigneusement l'intérieur d'une anfractuosité. Txabi y disparut un moment, mais revint assez vite, prétendant que c'était « tout inondé » là-dedans.

La navigation se poursuivait sans accroc et Gaïg finit par oublier où elle était. Très longtemps après, ce fut l'agitation subite des occupants du radeau qui la tira de sa rêverie. Effectivement, on devinait une vague clarté dans le lointain. Les Nains ramèrent avec davantage d'énergie, pour arriver à la fameuse ouverture dont Txabi lui avait parlé. La voûte retombait assez bas sur la surface de l'eau, mais on percevait sans difficulté la luminosité du dehors, déjà décroissante avec l'approche de la nuit.

Gaïg comprit mieux ce que Txabi lui avait expliqué quant à la communication du lac avec l'extérieur. De l'autre côté de ce qui apparaissait comme une vaste « flaque » laissée par la mer en se retirant, il y avait un mur de rochers, assez élevé pour dissimuler l'ouverture de la caverne quand on regardait de la mer.

C'est à ce moment-là qu'elle se rendit compte qu'elle se séparait du reste du radeau. Le tronc sur lequel elle était assise s'était détaché de l'ensemble et se retournait sur lui-même. Très vite, ce fut la débandade : les troncs, maintenus par des cordages maintenant relâchés, avaient du jeu et s'éloignaient les uns des autres. Gaïg essaya de rejoindre le radeau afin de rester avec ses compagnons, mais ce mouvement eut pour effet d'accélérer le démantèlement final de l'embarcation. Deux Nains et Loki eurent le temps de se mettre à califourchon sur un tronc, le reste de la compagnie se retrouva à l'eau, nageant vers la lumière.

Loki semblait ravi de cette mésaventure, et il fut le dernier à se laisser glisser dans l'eau, avec la volupté du faux naufragé qui sait qu'il ne se noiera pas. Heureusement, la mer était calme et l'absence de vague permit à chacun de se retrouver dans ce que Gaïg appela le « bassin », l'appellation « flaque » devant être réservée à quelque chose de moins profond. À l'extérieur, les Nains reprirent pied rapidement et grimpèrent sur la falaise abrupte : le voyage en radeau était fini pour eux, ils décidèrent de rejoindre le village par la surface, la nuit ne tarderait pas à tomber. Loki partit avec eux, heureux de servir de guide dans cette partie de l'île qu'il avait déjà explorée avec Txabi.

Gaïg résolut de rester se baigner un moment, elle voulait explorer le bassin. Aussitôt, Thioro, la Naine la plus dynamique du groupe, changea d'avis et choisit de prendre un bain elle aussi. « Évidemment ! » se dit Gaïg, même pas étonnée de ce retournement. Elle aurait aimé apprendre pourquoi elle était toujours accompagnée, mais elle savait qu'en posant la question, elle se heurterait au visage étonné de la Naine, qui nierait tout, prétendant adroitement qu'elle se faisait des idées. Gaïg haussa les épaules sous l'eau. Thioro n'était pas déplaisante, elle pouvait même être drôle quelquefois.

Gaïg émergea avec un sourire, prit une ample respiration et plongea, disposée à faire une farce à la Naine en restant très longtemps sous l'eau. Thioro s'inquiéterait, s'agiterait, plongerait, la chercherait partout, et Gaïg réapparaîtrait brusquement en lui faisant peur.

Elle s'aplatit discrètement dans le fond du bassin, dissimulée dans l'ombre du mur de rochers qui le séparait de l'océan. Moins elle bougerait, plus elle pourrait demeurer longtemps sous la surface. Le bassin était assez profond pour qu'on ne l'aperçoive pas de là-haut et Gaïg promenait distraitement son regard sur les fonds environnants, quand elle sursauta. En face d'elle, presque sous son nez, se trouvaient des déchets alimentaires, du même type que ceux de l'anse du débarquement. Ils étaient plus anciens, les nids d'algues étaient défaits, mais Gaïg était certaine d'avoir affaire à des débris analogues. Quel animal se nourrissait ainsi?

Au même moment, une ombre obscurcit le bassin. Gaïg tourna légèrement la tête vers le haut, pensant que Thioro s'était décidée à plonger à sa recherche. Elle demeura figée sur place.

L'ombre ne pouvait voir Gaïg : elle se maintenait habilement entre deux eaux, regardant vers la surface, vers les jambes de Thioro que cette dernière agitait doucement afin de garder sa position verticale dans l'eau. Mais Gaïg ne rêvait pas. Elle avait bien une Sirène sous les yeux. Plus petite que celles qu'elle avait déjà aperçues, plus trapue, plus musclée aussi. Gaïg se rendit compte avec une certaine stupéfaction qu'il s'agissait d'une Sirène mâle. C'était la première fois qu'elle en voyait une, et elle observait de tous ses yeux, n'osant pas bouger. Elle savait que la Sirène déguerpirait à toute vitesse si elle manifestait sa présence. Elle la contemplait de dos, mais le dessin des muscles sous la peau, la carrure générale des épaules, la taille des mains, tout indiquait le mâle. Il portait une nageoire tout le long de l'épine dorsale et écartait les bras du corps pour garder son équilibre, en s'aidant de sa queue qu'il remuait doucement. Gaïg fut étonnée du panache qui terminait la queue, un bouquet de filaments presque transparents qui ondoyaient gracieusement dans le courant. Elle ne se rappelait pas avoir remarqué que les dames sirènes étaient aussi joliment décorées. Une opulente chevelure blonde et bouclée, flottant négligemment dans l'eau, ajoutait à la beauté du spectacle.

Gaïg, qui avait tant rêvé de rencontrer les Sirènes, était subitement assaillie par une timidité angoissante qui l'empêchait de se manifester. Le fait que la Sirène soit de sexe masculin la paralysait totalement. Elle n'osait plus bouger et ne faisait rien pour signaler sa présence. Elle se rendit compte qu'elle préférait passer inaperçue, tout au moins pour cette première fois, se dit-elle afin de se justifier. Elle considérait avec étonnement les mains de la créature marine, ses doigts soigneusement écartés, reliés par une fine membrane de peau. Une série de piquants, ou de dards, courait tout le long des avant-bras.

Elle s'aperçut que Thioro s'agitait, s'apprêtant à plonger. La Sirène dut arriver aux mêmes conclusions que Gaïg, car elle donna un puissant coup de queue et s'engouffra à toute vitesse dans le lac souterrain. Thioro décrivit un bel arc de cercle sous l'eau, sans se douter le moins du monde qu'elle avait été l'objet d'une attention soutenue pendant un moment. Gaïg avait perdu le goût de jouer des farces, elle refit surface comme si rien ne s'était passé. Elle rejoignit Thioro et lui proposa de rentrer au village.

Cette dernière se mit en route, et Gaïg allait lui emboîter le pas, lorsque Txabi surgit du lac et grimpa sur la falaise à toute vitesse. Gaïg attendait qu'il les rattrapât quand elle vit la surface du lac agitée d'un puissant remous. Juste à ce moment, Txabi sauta autour de son cou, et lui tendit fièrement un objet brillant :

— Tiens, Gaïg, c'est un cadeau pour toi.

Gaïg saisit l'objet scintillant que lui tendait Txabi. Elle reconnut immédiatement le Nyanga dont il était fait avant même d'identifier sa forme : un anneau ouvert, brillant dans le crépuscule.

— Mais… où as-tu trouvé ça, Txabi?

— C'est pour toi. C'est un cadeau. Mets-le tout de suite.

Gaïg portait habituellement sa bague en Nyanga à l'annulaire de la main gauche. Tout en disant à Txabi « Mais ce n'est pas à moi… » elle essaya machinalement de passer l'anneau au majeur de la même main. À sa grande surprise, l'anneau se tendit, devint droit un court instant, puis se tordit dans l'autre sens jusqu'à former un cercle, toujours ouvert, qui alla s'enrouler autour des deux anneaux qu'elle portait déjà.

La surface du bassin était agitée d'un remous de plus en plus violent, on aurait dit qu'une tempête se déchaînait dans les profondeurs du lac. Gaïg n'y prêtait qu'une attention distraite, trop surprise par le comportement de sa propre bague, qui vibrait doucement. Elle tenta de l'enlever mais n'y parvint pas.

— Allons-nous-en, chuchota Txabi.

Thioro lui attrapa la main droite, et la tira pour courir :

— Viens, Gaïg, éloignons-nous d'ici, la supplia-t-elle. Regarde le bassin.

Gaïg jeta un coup d'œil au bassin : son eau était devenue sombre, presque noire, et des vagues issues de l'intérieur de la caverne venaient s'écraser sur le mur de rochers. Trop abasourdie pour résister, elle se mit à courir avec Thioro sur l'ébauche de sentier dessinée par Loki et les Nains. Elle se sentait lourde et maladroite, la pensée confuse. Elle avait l'impression qu'un esprit essayait de pénétrer dans le sien, sans y parvenir cependant. Elle sentait que sa tête allait éclater et elle courait pour échapper à cet esprit qui la poursuivait.

À un moment, n'y tenant plus, elle s'arrêta pour enlever la bague.

— Mais qu'est-ce que c'est, Txabi, cet anneau? Où l'as-tu pris? D'où ça vient?

Elle essayait désespérément d'ôter la bague de son doigt, mais celle-ci ne dépassait pas la première phalange : une force inconnue la maintenait en place, malgré les efforts désespérés de Gaïg. Son mal de tête augmentait rapidement, jusqu'à devenir insupportable. De plus en plus angoissée, elle éclata en sanglots, tout en essayant de se débarrasser de la bague :

— Mais c'est quoi, ce machin? D'où ça vient? Pourquoi il ne veut pas sortir?

Thioro l'attrapa par le bras et la tira doucement :

— Viens, rentrons au village. On pourra t'aider là-bas.

— J'ai mal à la tête! Oh, que j'ai mal...

Gaïg pleurait, tout en s'épuisant sur la bague : elle devinait que tout venait de là, et qu'il lui fallait l'enlever, mais elle n'y réussissait pas. Tous ses efforts demeuraient inutiles. Elle avait envie de retourner vers le lac, mais Thioro ne l'avait pas lâchée et l'entraînait vers le village. Gaïg voulait résister et faire demi-tour, mais la Naine la tenait fermement, insistant pour qu'elle avance.

— Allons au village, Gaïg. Il ne faut pas rester ici. Il se passe quelque chose dans le lac.

Gaïg entendait Thioro, la comprenait, voulait suivre son conseil, mais une force plus grande l'appelait, la poussant à revenir sur ses pas. Il lui semblait que sa résistance aggravait son mal de tête, et elle présumait que le soulagement ne viendrait que quand elle aurait fait demi-tour ou se serait débarrassée des anneaux.

Txabi commençait à s'affoler, se demandant s'il avait bien fait de ramasser ce beau jonc scintillant au milieu de flammes s'élevant directement d'un cercle de lave. Seul un Salamandar pouvait braver ainsi le feu pour s'emparer du joyau. Txabi n'avait pas hésité, et s'était jeté dans le brasier. Pour se rendre compte, à sa grande surprise, que ce dernier n'existait pas. L'illusion était parfaite, puisqu'il s'était laissé prendre, mais les flammes n'étaient que visuelles, la lave également. Aucune chaleur ne s'en dégageait. Sur le moment, il avait ramassé l'objet sans se poser de questions, pensant l'offrir à Gaïg, comme un complément aux anneaux qu'elle portait déjà. Mais en voyant Gaïg aux prises avec une magie malfaisante qui la faisait souffrir, il se demandait si l'objet n'avait pas un propriétaire. Il l'avait pourtant trouvé dans une grotte accessible depuis le lac par un siphon, et il était certain qu'aucun Nain n'avait pu s'y rendre.

Gaïg se libéra brutalement de l'emprise de Thioro et fit demi-tour, prête à se sauver en courant. Elle se rendit compte immédiatement que toute ébauche de sentier avait disparu. Elle se trouvait face à un rideau de végétation impénétrable. Elle cherchait le sentier par lequel elle était arrivée et ne le trouvait pas. Si mal dessiné soit-il, il existait encore, quelques instants auparavant. Elle tentait désespérément de découvrir une issue, une voie de pénétration, mais se heurtait à une barrière végétale d'une rare densité. De nombreuses lianes étaient enchevêtrées dans les branches des arbres, les troncs de ces derniers s'étaient rapprochés, et des arbustes bouchaient les espaces qui demeuraient entre eux, quand ce n'étaient pas les racines elles-mêmes, noueuses et tordues comme des tentacules emmêlés.

Gaïg vivait un cauchemar, elle était prisonnière de deux forces opposées. Fortement attirée par le lac, elle était physiquement empêchée de s'y rendre, à cause des arbres. Elle voyait les yeux de Thioro agrandis par la peur, exorbités et implorants. Txabi avait disparu.

Sa dernière vision fut celle d'AtaEnsic surgissant au galop sur le sentier qui menait au village. Elle s'évanouit, tellement la douleur qui lui vrillait le crâne était insupportable.

15

WaNguira était presque content. Même si la situation générale n'était pas parfaite, les événements suivaient leur cours, et on progressait. Bélimbé n'avait pas été trop difficile à convaincre. Il avait d'abord refusé d'ouvrir la porte à Fé, criant qu'il désirait qu'on le laissât en paix. L'annonce de la visite de WaNguira et compagnie ne l'avait pas ému outre mesure, jusqu'à ce que Fé prononçât le nom d'Afo. Un long silence avait suivi, puis les battants de la porte sculptée dans un beau bois d'acajou s'étaient lentement écartés, laissant apparaître un Nain à l'air accablé qui n'était plus que l'ombre de lui-même.

Il avait immédiatement cherché Afo du regard et un léger sourire s'était dessiné sur ses lèvres. Cette dernière s'était précipitée vers lui et l'avait spontanément pris dans ses bras.

Cela faisait plusieurs années qu'ils ne s'étaient pas vus, mais il était évident qu'une profonde complicité les unissait.

— Alors, tu nous invites à entrer ou tu préfères nous recevoir sur le seuil? avait plaisanté WaNguira. Nous avons marché toute la matinée, et tu nous ferais honneur en nous offrant un rafraîchissement…

Bélimbé s'était alors effacé pour les laisser pénétrer dans son logis. Ce qui frappait dès l'abord, c'était la profusion de bois à moitié sculptés : des œuvres commencées, prometteuses, mais… inachevées. Le maître des lieux les avait alors menés au deuxième sous-sol : ce que les autres ajoutaient en hauteur à leur demeure, Bélimbé le réalisait en profondeur. Il n'avait pu résister au désir ancestral des Nains de creuser, et avait recréé l'intérieur traditionnel cavernicole. Avec, comme touche personnelle, de nombreuses sculptures disséminées un peu partout.

Les visiteurs regardaient avec avidité le spectacle qui s'offrait à eux, remplis d'admiration. Il était indéniable que Bélimbé possédait un don inné pour son art. La majeure partie de ses réalisations était en bois, mais il s'était aussi essayé au métal, à la pierre, et même à la nacre, dans de minuscules tableaux en relief d'une extrême finesse.

Il invita ses visiteurs à s'asseoir sur de drôles de sièges pliants, composés de deux parties enchevêtrées taillées dans un même tronc. Chaque siège possédait sa propre décoration, ce qui en faisait un objet unique, mais l'ensemble présentait un assortiment très réussi dans sa diversité. Il possédait de nombreux meubles, bien plus que la moyenne habituelle, mais il était évident que ces derniers avaient été confectionnés davantage pour le plaisir que par nécessité.

WaNguira se félicitait de son choix : si Bélimbé acceptait de sculpter une figure de proue, nul doute que ce serait un chef-d'œuvre qui séduirait les Floups et emporterait leur adhésion au projet de voyage des Nains. Et Bélimbé avait accepté!

Il avait suffi qu'Afo présentât la requête pour qu'il répondît « Si tu veux », sans même se préoccuper des tenants et aboutissants de cette étrange sollicitation. Il ne la quittait pas du regard, et on sentait qu'Afo était bouleversée. Keyah, si proche de sa jumelle, devinait les émois de sa sœur et se réjouissait pour elle.

Afin de le sortir de sa léthargie, WaNguira avait proposé à Bélimbé de venir avec eux choisir le bois : si la bille de gommier blanc qu'ils avaient repérée ne convenait pas, le sculpteur serait plus à même qu'eux de sélectionner autre chose. Ce dernier avait consenti immédiatement à quitter sa demeure.

Fé n'en revenait pas et ne pouvait s'empêcher de considérer Afo : quel pouvoir magique détenait-elle donc pour que le sombre Bélimbé souscrive aussi facilement à sa volonté, après des mois d'enfermement sur lui-même? Si Fé ne s'était pas autant réjoui de voir son ami le plus cher émerger de sa torpeur languide, il aurait pu éprouver de la jalousie, après s'être autant démené pour lui venir en aide.

Du coup, il se mit à examiner Keyah avec attention. Jolie, la Naine! Plus ronde que sa sœur, certes, mais il fallait bien qu'il existât un moyen de les distinguer. Ce serait plus pratique, pour la suite… Il rit silencieusement de la pensée qui naissait dans son esprit et se rapprocha de celle qu'il venait de décider de séduire. Plongeant son regard dans celui de Keyah afin de la déstabiliser, il se renseigna sans aucune discrétion, ce qui était pour le moins surprenant chez un Nain :

— Mais que voulez-vous faire de cette figure de proue, au fait?

Keyah hésitait entre la grossièreté, l'effronterie, ou le courage, la franchise avec un rien de provocation, pour qualifier cette attitude du Nain. Mais le personnage avait réussi à éveiller sa curiosité. WaNguira intervint :

— Ta question était inévitable, Fé. Dans la situation actuelle, je choisis de vous faire confiance et de vous avouer la vérité. Toute la vérité. À charge pour vous de jouer franc jeu avec nous et de nous confier tout ce que vous savez.

— Parole de Nain, parole d'honneur, répondit immédiatement Fé, en utilisant la formule consacrée.

Bélimbé enchaîna immédiatement, le regard fixé sur Afo :

— Parole de Nain, parole d'honneur. Si je peux vous aider, je suis prêt.

S'en était suivie une longue discussion, ponctuée d'interrogations diverses et de cris de surprise. WaNguira, à son grand soulagement, constata que les Gnahorés n'avaient pas partie liée avec les Hommes et ignoraient tout de la situation présumée des Kikongos sur leur île.

Les « Gnas » gravitant autour d'Abomé étaient très occupés à imiter les Hommes et à se grandir par tous les moyens : ils évoluaient dans un monde totalement artificiel, où le paraître et l'avoir représentaient les valeurs maîtresses. Beaucoup de Gnahorés s'étaient enrichis dans le commerce et ils compensaient les désagréments supposés de leur petite taille par une accumulation effrénée d'okous et de nyamés, la monnaie alors en vigueur dans le pays de N'Dé.

Néanmoins, ils étaient de plus en plus nombreux à vouloir effectuer un retour aux sources. Abomé s'y opposait avec une vigueur proche du despotisme. Des dissensions, d'abord insignifiantes, étaient nées et avaient pris de l'importance. Les autres tribus étaient arrivées à Koulibaly à un moment où la cohésion de l'édifice social des Gnahorés commençait à se fissurer. Abomé avait saisi le prétexte des « frères » à accueillir dans les collines pour empêcher ceux de sa tribu d'y retourner.

Mais il s'était bien gardé de toute allusion à Gaïg. Son fils Mossi, WaNgolo, leur grand prêtre, et Étibako, le successeur présumé de ce dernier, s'étaient également tus et, à ce jour, rien n'avait été annoncé de façon officielle chez les Gnahorés. Quelques rumeurs avaient néanmoins commencé à se répandre. Mukutu bouillait d'indignation, tout comme ses amis. Une telle attitude politique était impensable chez les Nains et pour tout dire, indigne : fallait-il qu'Abomé et les siens soient aveuglés par le factice éclat des Hommes pour se livrer à une telle rétention d'information et pour imposer ainsi leur propre volonté !

WaNguira réfléchissait à tout cela en faisant route vers Bamako avec ses compagnons. Fé et Bélimbé n'avaient pas pris beaucoup de temps pour choisir leur camp : ils avaient opté pour la liberté retrouvée, le choix de leur destinée, et une vie à construire. Bélimbé marchait aux côtés d'Afo et ne la quittait guère des yeux. Il se sentait revivre. Il percevait en lui une vibration créatrice bien connue, qui avait disparu ces derniers temps. Il avait envie de sculpter et se réjouissait de cette mission inespérée qui lui était confiée : la réalisation d'une figure de proue pour un bateau de Floups. Tout en marchant, il réfléchissait à son œuvre, se laissant porter par les méandres de la création artistique. Il imaginait des visages, des attitudes, étudiait les nombreuses idées qui fleurissaient dans son esprit, tout en sachant qu'une fois la matière brute en main, la forme s'imposerait d'elle-même. À son contact, le bois réagissait comme le Nyanga pour les autres Nains : il adoptait lui-même sa configuration définitive.

Fé discutait à bâtons rompus avec WaNguira, Macény, Mukutu et Babah, en étant parfaitement conscient de l'attention portée par Keyah à ses paroles. Se sachant écouté, il faisait preuve d'humour, et se réjouissait quand il percevait un éclair de gaieté dans ses yeux. L'esprit ainsi occupé, les marcheurs furent étonnés de la brièveté du trajet.

— Le temps passe plus vite quand on est en groupe, fit remarquer WaNguira. Nous voici déjà arrivés à Bamako.

— Où se trouve le marchand qui vend la bille de gommier que vous aviez repérée? s'enquit Fé.

— À l'autre bout du village, juste avant la plage. C'est celui qui propose le plus grand choix de bois. Mais il va demander cher, il sait que nous sommes intéressés…

— Je le connais, intervint Bélimbé. J'ai déjà acheté chez lui. Il a de nombreuses essences en stock. Certaines sont magnifiques. Mais il n'a aucune raison de monter les prix : le gommier n'est pas un bois précieux en soi.

— M'est avis qu'il a compris qu'on la veut, sa bille d'gommier, commenta Mukutu.

— Je peux y aller seul, si vous voulez, proposa Bélimbé. Il sait que je connais la valeur des différents bois. Il sera moins tenté d'augmenter ses prix…

— Essaie, acquiesça WaNguira. Pendant ce temps, on va faire un tour dans les autres échoppes pour voir s'il y a eu de nouveaux arrivages.

Bélimbé s'éloigna rapidement, suivi par le regard plein d'envie de Macény qui aurait aimé l'accompagner. Après tout, elle était venue avec un rôle à jouer bien précis en tête : « déstabiliser » le marchand par la seule puissance de sa présence. Mais elle n'osa pas s'imposer, et partit avec le reste de la troupe afin de découvrir les richesses de la concurrence.

De nombreuses billes de bois, toutes plus belles les unes que les autres, avaient fait leur apparition sur le marché en l'espace de quelques jours. Les commerçants se montraient on ne peut plus affables, à la limite de l'obséquiosité, et ne tarissaient pas d'éloges sur la qualité de leur marchandise.

— M'est avis qu'les Créatures ont vite compris c'qu'on voulait! commenta Mukutu. Il n'aura pas fallu une s'maine pour qu'elles s'approvisionnent. Dommage pour elles, nous n'voulons pas *des* billes d'bois, mais *une*! Une seule et unique! Vont rester avec leur stock sur les bras, les Créatures…

— Pas si sûr, répondit WaNguira. Dans l'immédiat, certes. Mais nous ne savons pas encore ce que nous réserve l'avenir. Qui sait, si ça plaît aux Floups, peut-être que Bélimbé devra se spécialiser dans la sculpture des figures de proue à destination de leurs bateaux…

Les sept compagnons déambulaient de boutique en boutique, étudiant et comparant les avantages respectifs des différentes essences.

— Peut-être que j'aurais dû lui conseiller de ne pas trop discuter le prix, déclara WaNguira. Après tout, nous avons réellement besoin de ce bois. Et nous avons les moyens de payer. Le but que nous poursuivons l'emporte sur le reste... Il faut absolument vérifier si ce que nous ont raconté les Salamandars au sujet des Kikongos est vrai.

Macény se proposa aussitôt :

— Je peux aller lui dire, si tu veux. J'ai repéré la boutique. C'est vrai que ce n'est pas le moment d'épargner. Mon pauvre Do... Il ne sera pas dit qu'on l'aura abandonné sur son île pour économiser quelques okous... et Mfuru, mon seul enfant, ma petite tortue adorée... et Dikélédi, fille unique de Doumyo et Mvoulou ... et la p'tite Gaïg... et tous les autres...

Elle avait des trémolos d'émotion dans la voix, destinés à sensibiliser les cœurs les plus blasés. Tout le monde attendait avec curiosité la suite de l'énumération, pour voir quand elle s'arrêterait.

— Vas-y, Macény, puisque tu en meurs d'envie, répondit WaNguira avec un sourire. Et on te comprend : le sort des Kikongos nous importe à tous. Peu importe le montant demandé. Si le bois convient, dis à Bélimbé de le prendre, quel que soit son prix.

La Naine, ravie d'avoir réussi à émouvoir son entourage avec ses lamentations, ne se le fit pas dire deux fois, et s'éclipsa promptement.

— Je pourrais y aller aussi, suggéra Afo. On ne sait jamais…

Personne ne sut comment elle envisageait d'aider, elle avait déjà disparu. Mukutu commença à s'agiter à l'idée de l'achat auquel il ne participerait pas. Après tout, il était venu pour ça, lui aussi…

— M'est avis qu'notre chef meurt d'envie d'y aller, se moqua ouvertement Babah en imitant volontairement la façon de s'exprimer de Mukutu. R'gardez-le s'trémousser…

Mukutu lui jeta un regard de roi offensé, puis lança à l'intention de WaNguira :

— M'est avis qu'on pourrait aussi bien s'diriger par là, non ? Puisqu'on paiera c'que d'mande la Créature…

— Allons-y tous, alors, lança WaNguira, les bras levés au ciel avec fatalisme.

Ils avaient à peine fait quelques pas en direction de l'échoppe du marchand de bois qu'ils voyaient Macény revenir à grands pas.

— C'est déjà fait ! annonça-t-elle. Je n'ai jamais vu une affaire se conclure aussi vite. Quand je suis arrivée, il quittait le marchand sans avoir rien acheté. Mais ce dernier l'a rappelé : il a senti qu'il perdrait tout en voulant trop gagner. Du coup, Bélimbé a acheté une autre bille de bois qu'il avait repérée : il a décrété que ça l'inspirait, de sculpter des figures de proue. Il a dit ça en regardant Afo. Pas besoin d'être sorcier pour deviner à qui elles vont ressembler, ses figures de proue…

— À Keyah, peut-être! plaisanta Fé.

— M'est avis qu'ça s'ra pas difficile, s'amusa Mukutu. L'une ou l'autre, c'est du pareil au même…

WaNguira jubilait. Les choses prenaient tournure. Il avait eu raison de s'adresser à Bélimbé.

— Allons payer nos dettes, alors! conclut-il avec un large sourire.

16

— Je suis persuadé que c'est du Nyanga noir. Deux fois de suite ces flammes sans feu… Ça voulait être une protection.

Dans un songe, Gaïg entendait la voix de WaNdo. Une brume entourait son esprit, un épais nuage blanc et cotonneux qui encerclait sa pensée, l'empêchant de se rappeler les derniers événements. Elle écoutait WaNdo, mais ne comprenait pas à quoi il faisait allusion. Que s'était-il passé?

— Ça y est, elle se réveille. On dirait qu'elle reprend des couleurs. Alors, Gaïg, ça va mieux? Tu as beaucoup dormi.

Cette fois, c'était la voix de Thioro. Gaïg se sentit rassurée, et regarda autour d'elle. Elle savait qu'il était arrivé quelque chose, mais quoi? Elle était allongée sur le sol, le dos appuyé contre AtaEnsic, au centre d'un cercle formé par ses compagnons habituels, avec en sus Thioro et WaNdo. Les autres Nains formaient un deuxième cercle, un peu plus éloigné.

Gaïg se demanda pourquoi ils l'entouraient ainsi. Elle cherchait désespérément dans sa mémoire, mais ne retrouvait aucun souvenir cohérent susceptible d'expliquer cet attroupement. Pourtant, elle reconnaissait tout le monde, même si le visage de chacun était empreint d'une gravité inhabituelle.

— Qu'est-ce qui s'est passé? demanda-t-elle en se redressant.

En la voyant revenir ainsi à la vie, WaNdo fit un geste pour inciter les Kikongos du deuxième rang à se disperser. Le second cercle s'effilocha instantanément en petits groupes, apparemment très occupés à diverses activités, mais personne ne s'éloigna réellement.

Gaïg réfléchissait toujours, à l'intérieur de cette brume qui lui environnait l'esprit. Elle retrouvait à peu près tout ce dont elle essayait de se souvenir, mais une chose lui échappait toujours, une pensée fugace concernant un fait qui s'était déroulé. Elle se rappela les paroles de WaNdo alors qu'elle venait de se réveiller.

— Qu'est-ce que c'est, le Nyanga noir? interrogea-t-elle.

— C'est du Nyanga qui a été volé à son propriétaire, répondit WaNdo. Il devient maléfique comme s'il s'imprégnait de tout ce que le voleur porte en lui de mauvais, de négatif. Normalement, on ne vole jamais du Nyanga.

— On a volé du Nyanga?

— Personne ici n'a volé de Nyanga, Gaïg.

— Alors pourquoi tu en parles?

— Il est arrivé hier soir quelque chose dont tu ne te souviens pas, Gaïg. C'est pour te protéger. Winifrid a fait l'échange du sang avec toi pour te permettre d'oublier. Avec son sang, tu prends un peu de sa personnalité, tu deviens comme elle, quoi. Et tu oublies…

— Oublier quoi?

— Ta question prouve que ça a marché, heureusement.

— Mais qu'est-ce que je dois oublier? Qu'est-ce qui s'est passé? Expliquez-moi, à la fin. Je ne me souviens de rien.

Gaïg vit ses compagnons échanger un timide sourire de contentement. Leur soulagement était manifeste. Winifrid se rapprocha d'elle pour lui parler.

— *Les arbres t'ont aidée : c'est un signe, Gaïg. C'est ce qui m'a permis de t'aider à mon tour. Tu es un peu une Dryade, maintenant, puisque tu as du sang de Dryade qui coule en toi. Mais ta mémoire est devenue différente... Ça ne va pas durer éternellement, rassure-toi.*

Le visage désorienté de Gaïg montrait qu'elle n'était pas plus avancée et alors qu'elle sentait l'énervement monter en elle, elle s'apercevait que ses compagnons se réjouissaient de son ignorance. AtaEnsic vint à son secours :

— Quand nous pensons, nous émettons des vibrations, qui peuvent permettre à certaines créatures très sensibles de nous localiser dans l'espace. Pour peu qu'on pense à un objet que quelqu'un cherche, on montre sans le vouloir où se trouve l'objet. Et où on se trouve soi-même. Si on ne pense jamais à l'objet, il est perdu pour celui qui le cherche. L'oubli est une bonne chose, parfois. Mais nous ne pouvons t'en dire plus pour l'instant. Fais-nous confiance.

— Mais de quel objet tu me parles, AtaEnsic ? Pourquoi tu me dis tout cela ? Et...

— C'est ce bon vieux Txabi qui nous a avertis, hi! hi! l'interrompit Loki pour faire diversion. Tu avais mal à la tête, et on t'a guérie, hi! hi! Comme avec ta jambe pourrie, hi! hi! hi!

Gaïg essayait de mettre ensemble ces différentes données afin d'en faire un tout cohérent, mais elle ne trouvait pas le fil conducteur qui permettrait de les relier entre elles. Il était question de Nyanga volé, d'arbres, de mal de tête et d'échange de sang, d'objet et d'oubli.

Aurait-elle dérobé le Nyanga de quelqu'un par mégarde? WaNdo avait assuré que non.

Ses derniers souvenirs remontaient à la descente dans la mine. Une longue galerie obscure dont elle n'était ressortie que pour entendre le grand prêtre suggérer qu'il s'agissait de Nyanga noir. Gaïg se perdait en conjectures, sans trouver de solution satisfaisante. Le problème, c'est qu'elle ignorait dans quelle direction orienter ses recherches, ou ses questions. Peut-être qu'en retournant dans la mine, la mémoire lui reviendrait? Elle ne savait même pas combien de temps s'était écoulé depuis ce moment-là. Elle était descendue le matin dans la mine, et on était le matin. Était-ce le même jour? Non, puisque Thioro lui avait dit qu'elle avait beaucoup dormi. On devait être au lendemain…

En tout cas, si elle avait eu mal à la tête, c'était terminé maintenant. Mais ensuite? Ses amis répondaient à ses questions, certes, mais leurs réponses n'avaient pas de sens pour elle. Et ils ne se montraient pas plus explicites, malgré son insistance. Un objet volé qui serait en Nyanga… Machinalement, Gaïg vérifia qu'elle portait toujours sa bague. Cette dernière brillait à son doigt. Il sembla à Gaïg qu'elle avait changé, mais elle n'en était pas très sûre non plus. Elle la regardait avec attention, en quête d'indices, mais tout le monde se mit à lui parler en même temps. Winifrid lui proposa une promenade dans les bois, Txabi sauta sur elle pour réclamer un câlin, AtaEnsic lui offrit une pomme prise dans un panier juste à côté, Loki lui chatouilla la plante des pieds et Mfuru se mit à jouer de la musique avec acharnement, en tapant deux bouts de bois sur un troisième.

Dikélédi se laissa tomber bruyamment à côté d'elle, la bousculant presque, pendant que Thioro la tirait par la main pour qu'elle se lève et vienne voir une fleur qui poussait non loin. Il était impossible de répondre à chacun et, pendant un moment, Gaïg ne sut où donner de la tête. Ses compagnons se regardèrent et éclatèrent de rire, mais Gaïg eut l'impression que leur entrain était un peu forcé.

— Je crois que je vais me baign… commença-t-elle en se levant.

Elle n'eut pas le temps de terminer sa phrase : ils étaient tous devant elle, l'empêchant d'avancer.

Gaïg considéra un moment ses compagnons, interloquée. Ils formaient une barrière infranchissable entre elle et la mer. Eux-mêmes n'avaient pas l'air très à l'aise. Mais la détermination se lisait sur leur visage.

Elle avait besoin d'être seule. Elle voulait réfléchir. Mais comme elle ne pouvait le faire en présence de tiers, il lui avait semblé tout naturel de se retirer dans l'eau, le seul endroit où elle pouvait réellement s'isoler. Or voilà que même cet endroit lui devenait interdit. Était-elle prisonnière ? Mais de qui ? Et pourquoi ? Et si c'était le cas, comment aurait-elle pu se sauver, alors qu'elle se trouvait sur une île ? Les Kikongos, bien plus nombreux, n'avaient pas pu le faire pendant un siècle. De toute façon, elle ne cherchait pas à se sauver.

Les questions défilaient dans sa tête, malheureusement sans réponse. Elle se dit que dans l'immédiat, ce qu'elle désirait par-dessus tout, c'était un peu de solitude. Pour la première fois, elle se sentit attirée par les arbres, la forêt ; elle éprouva le désir de se blottir entre les racines noueuses et solides d'un chêne centenaire et de lui confier ses secrets. Pressentant que ça la calmerait, elle demanda simplement :

— Je suppose que je peux aller me promener dans la forêt ?

Puis elle ajouta immédiatement :

— Toute seule…

Ses compagnons semblaient gênés. Ce fut Winifrid qui prit la parole :

— *Oui, bien sûr. Les arbres veilleront sur toi.*

Gaïg se sentait fatiguée, sans aucune envie de discuter. Mais cette dernière remarque l'agaça un peu : si elle n'était pas venue de la Dryade, peut-être que Gaïg aurait explosé. Elle se contenta de hausser les épaules avec lassitude, peu désireuse d'engager une discussion ou même une dispute : elle n'était plus dans son village de la côte, personne ne lui voulait de mal, et, dernier argument, elle considérait toujours que c'était à cause d'elle que tout était arrivé. Le fait d'avoir retrouvé et délivré les Kikongos représentait l'aspect positif de l'équipée, mais n'annihilait pas le danger à s'éloigner de la forêt de Nsaï pour trois d'entre eux et la séparation de Dikélédi d'avec sa famille. De plus, le risque de mort pour Walig et Winifrid n'était pas à négliger, malgré les paroles apaisantes de Wakan Tanka. Or tout cela était arrivé par sa faute, selon elle.

Gaïg s'enfonça dans le sentier forestier qui partait du village, sous les regards qu'elle devinait attristés, anxieux ou perplexes de ses amis. Elle était étonnée par ses propres capacités de réflexion et de patience. Elle sentait qu'elle changeait, que son caractère s'affinait, mais elle était étonnée de la vitesse à laquelle s'effectuaient les changements, et du fait qu'elle en était consciente. Elle arrivait mieux à dominer la combativité qui lui servait de protection au village et à tenir compte de la gentillesse générale de ses amis à son égard avant de réagir.

Était-ce cela, grandir? Tant de fois Nihassah avait essayé de ramener le calme dans son esprit aveuglé par la colère, sans y parvenir. Au courroux succédaient généralement le ressentiment et le désir de vengeance et Gaïg avait parfois éprouvé une certaine joie quand elle avait réussi à prendre sa revanche sur ses « ennemis », constitués principalement par les autres enfants du village. Depuis son passage chez les Nains, elle éprouvait des sentiments nouveaux pour elle : elle avait rencontré des êtres qui lui apprenaient la gentillesse et le dévouement, et elle n'avait pas envie de les peiner.

Elle se demanda si elle était devenue plus « sage » et si Nihassah serait fière d'elle. En pensant à la Naine, les larmes coulèrent immédiatement. Comme elle aurait aimé l'avoir à ses côtés, là, maintenant, sa confidente de toujours, sa seule amie. Gaïg se dit que Nihassah lui avait pour ainsi dire servi de mère et de sœur à la fois et elle se sentit encore plus triste.

Elle n'avait plus envie d'être seule, elle aurait aimé que Nihassah soit là. Que la Naine lui expliquât une fois de plus ce qui se passait, quel était cet objet secret, cette histoire de mal de tête et de Nyanga volé, et qu'elle apaisât son angoisse avec de réconfortantes paroles. Mais Gaïg, sans nouvelles, pouvait seulement espérer que les Nains de Jomo avaient réussi à porter secours à Nihassah blessée.

Les derniers événements lui montraient qu'elle avait encore besoin de sa présence réconfortante. En l'absence de la Naine, elle devait se débrouiller toute seule et trouver elle-même la réponse à ses interrogations. Pour le moment, elle disposait de très peu d'informations, plutôt disparates. Le Nyanga volé l'intriguait : comment un métal pouvait-il s'imprégner de vibrations négatives ? Et qu'est-ce que cela entraînait pour la suite ? Est-ce qu'il portait malheur à celui qui l'avait volé ?

L'échange de sang avec Winifrid lui semblait tout aussi mystérieux, mais moins redoutable, puisqu'elle éprouvait une certaine confiance envers la Dryade.

17

Bélimbé avait fait vite. Très vite. Il y avait longtemps qu'il ne s'était pas senti aussi dynamique. Il avait terminé les deux figures de proue en un temps record mais une intense fièvre créatrice l'habitait encore. Il se sentait prêt à sculpter le monde entier. Il ramassait tous les morceaux de bois qu'il trouvait, les étudiait un moment, et se mettait au travail. La majeure partie du temps, il en tirait un petit personnage qu'il offrait à Afo. Cette dernière contemplait un moment son cadeau, l'examinait soigneusement, le tournant et le retournant entre ses doigts, puis murmurait quelque chose à l'oreille de Bélimbé. Le plus souvent, il avait un geste d'acquiescement et tous les deux éclataient de rire. Parfois, il faisait non de la tête et considérait avec attention son personnage. Il le reprenait alors et le travaillait de nouveau. Puis la même scène se répétait, jusqu'au geste final d'acquiescement suivi de l'éclat de rire complice.

Keyah n'avait pas mis longtemps à deviner ce qui se passait. Après un moment, elle s'approchait, et sa sœur lui tendait discrètement le personnage. Keyah l'étudiait à son tour, chuchotait quelque chose à Afo et toutes les deux s'esclaffaient.

Fé, voulant comprendre, demanda à voir une des sculptures de son ami. Afo lança un clin d'œil en direction de Bélimbé, fouilla un moment dans son sac en tissu et choisit une figurine qu'elle lui tendit.

Macény, qui regardait par-dessus son épaule, gloussa d'aise, ce qui éveilla immédiatement la curiosité des autres. Ils s'approchèrent à tour de rôle, puis s'éloignèrent en regardant Fé et en riant. Ce dernier, très sérieux, ne saisissait pas la cause de l'hilarité de ses compagnons.

Afo sortit alors sa collection de petits personnages et les disposa sur le sol. Pendant un moment, on n'entendit que des rires ponctués de plaisanteries. Fé, en voyant les autres sculptures, comprit alors que c'étaient de vrais Nains que Bélimbé avait sculptés, en exagérant leurs traits distinctifs. Alors qu'il ne s'était pas reconnu lui-même, il eut vite fait d'identifier ses compagnons, ainsi que les Nains les plus représentatifs des différentes tribus.

— M'est avis qu'le Nain Babah ignorait qu'il avait les jambes torses à c'point-là… s'amusa Mukutu

— M'est avis qu'notre grand chef Mukutu ne s'voyait pas aussi p'tit… rétorqua Babah.

Bélimbé, un peu gêné face à ses compagnons, tenta de se justifier :

— Je n'ai pas voulu me moquer de vous. C'était juste pour m'occuper. Le morceau de bois était minuscule, c'est pourquoi Mukutu est si petit.

Ses compagnons le rassurèrent : ils ne se sentaient absolument pas vexés et s'inclinaient plutôt devant son savoir-faire, puisque ses personnages étaient parfaitement identifiables. Afo se rapprocha de lui :

— De toute façon, tes figures de proue sont magnifiques. Je n'en ai jamais vu d'aussi belles. Je suis sûre qu'elles plairont aux Floups.

— M'est avis qu'la Naine Afo, elle s'envoie des fleurs elle-même! Pas difficile d'complimenter l'sculpteur dans ces cas-là, n'est-ce pas, Afo?

L'hilarité fut générale.

— Ce n'est pas ce que je veux dire et tu le sais très bien! riposta vivement Afo. Toi-même, tu t'es extasié devant ses deux sculptures quand tu les as vues la première fois. Même si ce n'était pas les sirènes que tout le monde attendait... Elles sont très belles, un point c'est tout.

— Et voilà! M'est avis qu'elle r'commence à s'mettre en valeur, la p'tite jeunesse. C'est plus fort qu'elle...

— Oh! Tu exagères, Mukutu. Tu exagères toujours.

— Ne t'occupe pas de lui, c'est un vieux grognon jaloux, assura Babah. Sûr qu'il aurait aimé avoir son effigie à la proue d'un navire de Floups... Non mais, tu t'es vu, le Nain? Remarque, ça serait efficace pour effrayer les monstres des profondeurs...

Mukutu lui décocha négligemment un coup de poing symbolique dans les côtes, sans même essayer de lui faire mal.

Bélimbé, tranquillisé par les réactions de son entourage, contempla ses deux figures de proue un instant : il les trouvait superbes. Pas seulement parce qu'il les avait faites. Mais parce qu'il avait réussi à rendre l'expression des deux visages qu'il avait voulu représenter. Ses compagnons avaient immédiatement identifié le visage mutin d'Afo quand il avait eu terminé la première. Ils n'avaient pu s'empêcher de l'espionner pendant qu'il réalisait la seconde. Les paris étaient ouverts :

serait-ce une deuxième Afo, ou bien Keyah? La rondeur du visage, en tout point semblable au premier, les avait vite renseignés : Bélimbé avait choisi de représenter la sœur jumelle de sa Naine favorite.

Il ne lui avait fallu que quelques jours pour réaliser les deux figures. Il était loin, se répétait-il à lui-même, le temps où il devait attendre l'inspiration pendant une éternité, en étudiant la matière brute. Là, tout avait coulé de source. Il s'était senti inspiré dès le départ par cette voie nouvelle qui s'ouvrait devant lui et dans laquelle il mourait d'envie de s'engager : la sculpture de figures de proue. C'est d'ailleurs ce qui l'avait poussé à acheter deux billes de bois au lieu d'une...

Et maintenant, il se sentait prêt à entamer la troisième figure de proue de sa carrière : il réfléchissait au visage de Macény. Ce serait bien, pour Do qui avait tant souffert, que ce soit un bateau à l'effigie de sa bien-aimée qui vienne le chercher... Il ne la verrait pas, bien sûr, mais il pourrait la toucher, l'imaginer... Qu'y avait-il de mieux que le rêve, après tout? Il faudrait qu'il en parle à WaNguira. Tout dépendrait du nombre de bateaux que les Floups seraient prêts à mettre à leur disposition pour cette expédition. S'ils acceptaient...

Dans l'immédiat, il fallait atteindre ce fameux village secret que Babah certifiait pouvoir retrouver. Afin d'amortir les chocs de la route, Bélimbé jeta négligemment des sacs en tissu bourrés de feuilles sèches dans le fond du chariot qui devait transporter les deux sculptures. Puis il enveloppa soigneusement ces dernières dans de nombreux chiffons et les plaça dans le chariot. Il n'oublia pas de récupérer les deux morceaux de bois qu'il avait gardés pour le gouvernail et sans lesquels ses magnifiques figures de proue n'auraient aucune valeur aux yeux des Floups.

Il s'était même amusé à décorer les deux planches de motifs géométriques, pour le plaisir. Maintenant, le départ s'imposait. Plusieurs jours s'étaient écoulés depuis l'achat des billes de bois et le temps était venu de porter leurs « cadeaux » aux Floups en espérant qu'ils les accepteraient. Et qu'en échange…

WaNguira se sentait plus optimiste depuis quelque temps. Il avait l'impression qu'après une série de catastrophes, les choses s'amélioraient un peu pour les Nains. En tout cas, elles suivaient leur cours. Il donna le signal du départ et commença à avancer en compagnie de Babah. Les autres se mirent en branle et les suivirent. Afo et Bélimbé tiraient le chariot, aidés par Keyah et Fé qui le poussaient dans les passages difficiles. Macény suivait derrière, en compagnie de Mukutu avec lequel elle devisait.

Très vite le silence se fit, et les Nains se concentrèrent sur leur progression. Ils avaient été habitués dès leur plus jeune âge à économiser leurs forces, en prévision de l'effort à fournir sur le long terme. Peu rapides de manière générale, ils étaient davantage éduqués dans l'optique de la persévérance et de l'endurance.

Selon l'estimation de Babah, le village des Floups devait se trouver à une bonne demi-journée de marche. Avec le chariot à déplacer, ils progresseraient moins vite et arriveraient en début de soirée. S'il n'y avait pas de complications… Les Nains ne craignaient pas trop les attaques des bandits de grand chemin : cette fois, il n'y avait pas de trésor à transporter. Ils s'étaient bâti une réputation de durs à cuire et avaient réussi à se faire respecter dans le pays de N'Dé. Mais on était toujours à la merci d'une pièce brisée dans le chariot ou… de n'importe quoi d'autre, se disait WaNguira. Et si Babah ne retrouvait pas le chemin? Si les Floups avaient déserté leur village? Si… WaNguira s'arrêta, surpris par ses propres pensées. Depuis quand était-il anxieux à ce point?

Il ramena ses pensées à sa marche et ne parla guère de tout le trajet, même pendant les pauses. Ses compagnons respectèrent d'autant plus son silence qu'eux-mêmes avaient la tête pleine d'idées diverses, parfois contradictoires.

Le soleil commençait à descendre sur l'horizon quand Babah annonça qu'on approchait. Il quitta le chemin, en quête d'un sentier menant au village des Floups, mais revint bien vite.

— Je ne pense pas qu'il y aura un sentier net et bien dessiné qui partira de la grande route pour nous mener au village, expliqua-t-il. Les Floups sont bien trop farouches pour ça. Ils ne veulent absolument pas avoir affaire aux Hommes. Mais je suis sûr que le village se trouve à ce niveau. Peut-être que nous devrions nous enfoncer dans les halliers et avancer vers la côte?

— C'est impossible avec le chariot! conclut immédiatement Keyah.

— Nous pouvons rejoindre la plage où nous avions dormi, et emprunter le même sentier qu'eux, proposa Afo. Mais ça nous oblige à avancer pour retourner sur nos pas ensuite… Et je ne suis pas tellement sûre que le sentier soit bien marqué…

— Je crois que nous n'avons pas tellement le choix, et que c'est la solution la plus sage, dit WaNguira. Mais même en passant par la plage, il nous faudra tôt ou tard abandonner le chariot. De toute façon, les roues s'enfonceront dans le sable…

— M'est avis qu'Babah peut aussi aller chercher les Floups, et nous, on les attend sur la plage, suggéra Mukutu. Ils pourront venir en bateau chercher les figures d'proue. Mais est-ce qu'ils accepteront de s'déplacer, c'est là la question…

— Ils n'ont aucune raison de refuser, s'ils sont encore dans leur village, déclara WaNguira. Ne serait-ce que par curiosité… Babah n'a qu'à ne pas leur dire pourquoi nous désirons leur parler.

— Ils se méfieront moins si je vais les chercher avec Afo et Keyah puisqu'ils nous ont vus récemment, avertit Babah. On peut faire comme le préconise Mukutu.

Puis il ajouta, moqueur :

— Après tout, c'est lui l'chef!

Pour une fois, Mukutu ne releva pas la raillerie et les huit compagnons reprirent leur marche. Une fois arrivés sur la fameuse plage, ils se séparèrent. La nuit avait commencé à tomber, mais la noirceur ne constituait pas un problème pour des Nains habitués à évoluer constamment dans l'obscurité des cavernes. Babah et les jumelles eurent vite fait de disparaître dans la végétation environnante pendant que les autres s'installaient pour attendre.

Bélimbé prenait grand soin de ses figures de proue, aidé par Macény. Ce faisant, il étudiait les attitudes de la Naine, les expressions de son visage, afin de s'imprégner de sa personnalité. Il avait hâte de se lancer dans la réalisation d'une nouvelle œuvre. Sa propre impatience le surprenait, habitué qu'il était depuis quelque temps à l'apathie et au découragement. Une fièvre créatrice l'habitait depuis qu'il avait retrouvé les Lisimbahs et son amie d'enfance, Afo. Il se saisit d'un bout de bois flotté qui traînait sur la plage, usé par les courants et blanchi par le soleil, et commença à l'étudier. Ce serait un bon moyen de passer le temps en attendant le retour de Babah. Fé, Macény et Mukutu se laissèrent aller à un repos bien mérité après la marche.

Longtemps après, ils furent réveillés par le clapotis provoqué par une embarcation qui accostait. Les Floups, puisque c'était eux, sautèrent à l'eau pour tirer la barque et l'échouer sur le sable. Babah, Afo et Keyah, toujours un peu réticents quand il s'agissait de l'élément liquide, attendirent que l'avant de l'esquif soit à sec avant de poser pied à terre.

WaNguira et Mukutu étaient d'abord demeurés à leur place, tout en se levant pour accueillir les arrivants. Il convenait de prêter une grande attention aux règles de savoir-vivre et de préséance, les Floups étant d'un naturel susceptible et irascible. Ce qui pouvait se comprendre, après le destin que les Hommes avaient voulu leur imposer.

Puis, la main droite placée au niveau du cœur, WaNguira et Mukutu avancèrent et s'inclinèrent devant un petit bonhomme à la silhouette très droite. C'étaient les Nains qui étaient en état de demande, c'était à eux de faire les premiers pas, d'autant plus que les Floups leur avaient déjà fait un grand honneur en acceptant de venir sans savoir la raison de ce déplacement. C'était même étonnant, sachant le désintérêt qu'ils éprouvaient pour tout ce qui concernait les affaires terrestres.

Flopi, puisque c'était lui, répondit au salut du grand prêtre et du chef des Lisimbahs, puis considéra le groupe formé par Fé, Macény et Bélimbé. Ces derniers s'inclinèrent. Les accompagnateurs de Flopi se placèrent alors derrière leur chef et saluèrent à leur tour.

La scène se déroulait dans le plus grand silence. L'usage voulait que ce soit Flopi qui prenne la parole en premier, puisque c'était lui qui était le plus proche de son domicile habituel : de ce fait, il était considéré comme étant chez lui.

— Que les Nains qui nous rendent visite ce soir se sentent accueillis dans un domicile ami. Qu'ils sachent notre cœur vide de toute amertume et de toute rancœur à leur égard.

WaNguira respira. La formulation de ces deux phrases montrait que tout s'annonçait pour le mieux. Mais il se garda bien d'intervenir : c'était Mukutu, l'égal de Flopi, qui devait lui répondre en premier.

— Les Nains ont vidé leur cœur d'toute méfiance pour v'nir en ces lieux. Ils s'réjouissent d'l'accueil qui leur est fait.

Le grand prêtre s'avança alors, c'était à son tour de prendre la parole :

— Merci à toi, Flopi, d'avoir accepté de te déranger. Merci aux tiens également. Seule l'ignorance du lieu où vous trouver nous a dicté cette conduite immodeste. Sinon, c'est nous qui nous serions déplacés jusqu'à toi.

Flopi s'inclina sans mot dire : cela signifiait qu'il acceptait la situation telle qu'elle se présentait.

Mukutu reprit la parole :

— Nous sommes v'nus en amis, Flopi, mais en amis dans l'besoin.

Flopi ne broncha pas. Il attendait. Il eut été malséant de faire preuve de curiosité. Mais il était évident pour lui que la situation était grave. Sinon, les Nains ne seraient pas venus sur son « territoire » : ils auraient attendu la visite d'un Floup en manque d'arme dans leurs cavernes et en auraient profité pour commander une pierre rare ou un métal inhabituel, introuvables dans le pays de N'Dé. Il savait qu'il avait une dette envers eux, à cause des trois Floups libérés par Babah et ses amis. Mais il ne prévoyait pas la visite de ces derniers aussi rapidement. Il était un peu surpris, il fallait l'avouer.

Il s'assit le premier à même le sol, dans un endroit parfaitement découvert afin d'avoir une vision globale des alentours et d'un geste, il invita les Nains à faire de même. WaNguira fit un signe discret à Bélimbé et à Fé : ils apportèrent les figures de proue et les planches de gouvernail encore enveloppées et les posèrent aux pieds de Mukutu qui continua :

— Avant d'commencer, nous voudrions t'offrir ces cadeaux, en signe d'notre bonne foi. Ils ont été spécial'ment réalisés pour vous, les Floups, ces derniers jours, et uniqu'ment pour vous. Ils n'ont d'autre utilité que l'plaisir qu'ils vous procur'ront, et sois assuré qu'si tu les r'fuses, ils rest'ront en mon logis jusqu'à ce qu'tu veuilles bien les accepter.

L'affront aurait été grand si Flopi avait dédaigné les présents : cela équivalait, comble de la grossièreté, à encombrer la demeure de Mukutu pendant un temps indéfini, puisque ce dernier s'engageait, par ses paroles, à ne pas leur trouver d'autre destination, d'autre utilité que celle pour laquelle ils avaient été créés.

— Je les accepte, répondit simplement Flopi. Ils sont magnifiques.

Qualifier de « magnifiques » des cadeaux qu'il n'avait pas encore vus ne relevait pas seulement de la politesse : c'était faire preuve d'une grande confiance envers les Nains. Flopi se montrait aussi grand seigneur que Mukutu en disant cela.

Afo et Keyah écoutaient, subjuguées : elles n'avaient pas souvent eu l'occasion de voir Mukutu agir dans le cadre de la politique extérieure. Elles cherchaient, dans le personnage imposant et protocolaire qui évoluait devant elles, le Nain bedonnant au langage familier ponctué de « M'est avis que... », celui qui se chamaillait avec Babah et qui avait institué le terme de « Gnas » pour dénommer les Gnahorés. Elles comprirent à ce moment-là pourquoi Mukutu était chef et le demeurait au fil des ans.

Après ces préambules cérémonieux destinés à mettre les cœurs au diapason, la conversation se poursuivit sur un ton beaucoup moins formel. Les Floups furent mis au courant de la situation rapportée par les Salamandars à propos des Kikongos réduits en esclavage sur une île au sud, dans la mer d'Okan.

Ils pensaient savoir de quelle île il s'agissait : les Hommes qui l'habitaient en défendaient farouchement l'accès aux bateaux étrangers. Et comme ils n'avaient eu aucune raison valable d'y accoster jusqu'à ce jour, ils n'avaient jamais cherché à savoir ce qui s'y passait.

— Nous vous aiderons, avait conclu Flopi avec calme.

18

En pensant à Winifrid, Gaïg regarda autour d'elle : elle n'avait jamais trouvé les arbres aussi beaux. Très vite, elle se sentit apaisée par la quiétude qui se dégageait d'eux. Elle toucha un tronc près d'elle. Ce n'était pas seulement du bois, de l'écorce rugueuse : « ça » vivait.

Un assemblage de feuilles, de branches, de racines, tout cela relié à un tronc, formait un tout, un être vivant. Gaïg eut l'impression de pouvoir « lire » la forêt, y déchiffrer des signes qui la confrontèrent à la notion de temps. Ce monde était vieux, très vieux : les Nains l'habitaient depuis toujours, et les arbres aussi. Les Nains parlaient avec les pierres, et les Dryades avec les arbres.

Gaïg n'avait pas réussi à faire sien le monde minéral et froid des Nains, mais elle se sentait en accord avec les arbres. Peut-être à cause de l'échange des sangs, se dit-elle. Ce qui la frappait, c'était leur âge. Chaque arbre était bien plus vieux que lui-même : il portait en lui la mémoire de la terre dont il se nourrissait.

Gaïg découvrait la forêt sous un nouvel aspect et elle comprenait mieux les réactions de Winifrid. Il y avait une unité sous-jacente, qui maintenait un équilibre entre les êtres. Il ne fallait pas détruire cet équilibre. Elle continuait d'avancer, sensible au dessin de chaque tronc, à l'implantation particulière des branches et des feuilles, à la variété des formes et des couleurs. On ne pouvait pas rester indifférent à la majesté qui se dégageait de toute cette végétation.

Elle percevait avec une acuité nouvelle pour elle le bruissement du feuillage et le mouvement produit par le vent dans les frondaisons, elle découvrait avec surprise les mille et une teintes de la végétation. C'était donc cela, être une Dryade. En partie seulement, puisque Gaïg se doutait bien qu'elle n'avait changé que partiellement de personnalité. Comme le monde de Winifrid devait être riche, comparé au sien!

Captivée par l'observation de cette forêt qu'elle découvrait alors qu'elle croyait la connaître, Gaïg avait arrêté de pleurer. Elle marchait, subjuguée par les bruits, les couleurs, les odeurs. Elle s'arrêtait de temps en temps pour suivre avec la main le dessin compliqué d'une écorce, éprouver la souplesse d'une branche ou la douceur d'une feuille à l'aspect velouté. Totalement à l'écoute de ses sens, elle oublia tout ce qui n'était pas végétal et elle se laissa tomber plutôt qu'elle ne s'assit, le dos contre un arbre : au passage, elle perçut la rugosité de l'écorce sur sa peau et cela la rassura. Elle se sentit protégée par la force qui se dégageait de l'énorme tronc et ferma les yeux.

À travers ses paupières closes, elle continua à « lire » la forêt. Les feuilles et les branches s'arrangeaient en tableaux successifs, se faisant et se défaisant au gré du vent. L'ensemble était assez flou, et il ne fallait pas chercher à distinguer les détails. Des scènes d'une grande violence se succédèrent rapidement au début : une Sirène mâle saisissait avec brutalité une de ses semblables et essayait de l'entraîner avec elle. Cette dernière résistait de toutes ses forces et se débattait avec rage. Mais la partie était inégale. La Sirène mâle la giflait avec rudesse et profitait de l'éblouissement qui s'ensuivait pour lui tordre le bras derrière le dos et ouvrir de force le poing qu'elle tenait serré. Le mâle écartait les doigts de la femelle et essayait de saisir quelque chose, qu'elle refusait obstinément de lâcher.

Un autre tableau montrait des Sirènes en bataille, rouges et échevelées, formant un rempart de leur corps pour protéger une des leurs, visiblement enceinte, pâle et essoufflée, qui s'éloignait en laissant une traînée écarlate. La Sirène mâle, en furie, fonçait dans le tas, bras en avant, dards relevés, tranchant tout sur son passage. Mais elle était arrêtée par une vieille murène qui grossissait démesurément et se déformait jusqu'à former un mur de chair flasque et hideuse qui séparait les belligérants.

Plusieurs tableaux se succédèrent, montrant la Sirène enceinte en fuite, perdant son sang dans l'océan, puis s'échouant sur une plage. Sans transition, des Nains apparurent, lourdement chargés : ils marchaient dans une savane, le long d'une forêt.

Gaïg se réveilla, oppressée et mal à l'aise. À son grand désespoir, le spectacle ne s'arrêta pas pour autant. Elle se demanda si elle avait réellement dormi. Elle continuait à voir des images dans la végétation. Mais ce qu'elle y découvrait était moins angoissant. Les Nains, toujours encombrés de sacs et de paquets, avançaient vers la mer. Une île se détachait dans le lointain, pâle relief sur la ligne d'horizon. Des Sirènes apparaissaient, évoluant avec grâce dans des fonds sous-marins d'une clarté cristalline.

Gaïg, regardant de tous ses yeux, ne savait plus si elle dormait ou si elle était réveillée. En tout cas, elle était consciente. Elle ne fut guère étonnée d'entendre l'arbre auquel elle était adossée émettre des borborygmes, qui se transformèrent bientôt en paroles intelligibles. Elle était donc en état d'éveil. Elle se rappelait la fois où Walig lui avait parlé. Toujours cette voix caverneuse, à l'énonciation lente et difficile, qu'elle avait un peu de mal à comprendre. L'arbre était un chêne lui aussi.

— Nous sommes la mémoire de la terre. La lumière et le vent, la terre et l'eau nous apportent les images dont nous devons nous souvenir.

— Ce que j'ai vu, ça s'est vraiment passé ? demanda Gaïg dans un souffle.

— Je suppose que oui. Nous n'inventons rien, nous ne faisons que nous souvenir.

— Mais comment pouvez-vous vous souvenir de choses que vous n'avez pas vues ?

— Nous les absorbons par nos racines, nos feuilles, nos branches, et nous nous souvenons.

Gaïg était perplexe : elle ne comprenait pas. Toujours adossée au chêne dont elle sentait les irrégularités de l'écorce dans son dos, elle réfléchissait, le regard perdu dans les branches au-dessus d'elle.

— Cette Sirène mâle, c'est celle qui habite dans le lac souterrain? interrogea-t-elle, la curiosité en éveil. Qu'est-ce qu'elle voulait prendre à l'autre? Et la Sirène femelle, elle attendait un bébé, n'est-ce pas? Il est né? Qu'est-ce qui va arriver maintenant?

— Je n'en sais rien. Tout ce que nous pouvons faire, c'est nous souvenir, émit l'arbre, choisissant, dans cette avalanche de questions, de ne répondre qu'à la dernière.

— Tu pourrais te souvenir de ce qui m'est arrivé récemment? Ou dans ma vie passée? Tout au début, quand je suis née? Et me le montrer? Tu pourrais, dis?

L'espoir faisait vibrer la voix de Gaïg, dont le cœur battait à grands coups dans sa poitrine. Était-il possible que la solution soit là? Si proche? Il suffisait donc d'interroger un arbre pour savoir d'où on venait? Et elle l'avait ignoré pendant tout ce temps? Il est vrai qu'elle ne s'était jamais préoccupée de faire la causette aux végétaux. Et voilà que grâce à Winifrid, grâce à tout ce qui s'était passé avant l'échange de sang – même si elle ignorait quoi – elle saurait. Le mystère de ses origines lui serait enfin dévoilé. Les pensées défilaient très vite dans sa tête et elle regardait avidement les frondaisons.

Mais elle fut déçue. Le chêne n'avait rien répondu, comme s'il réfléchissait. Et voilà qu'il lui montrait de nouveau les images précédentes. Encore cette Sirène mâle brutalisant une femelle, qui s'enfuyait, ensanglantée, avant de s'échouer sur une plage.

Gaïg était désappointée : elle se retint pour ne pas pleurer. Elle avait déjà vu tout cela, ce qu'elle voulait maintenant, c'était voir sa propre histoire, ses débuts dans la vie, ses parents, sa mère… Elle s'apprêtait à fournir des précisions à l'arbre, afin qu'il cherchât mieux dans ses souvenirs, mais Winifrid surgit inopinément, silencieuse et légère, et sauta depuis une branche aux pieds de Gaïg. Elle était toute rose, comme si elle s'était dépêchée.

— *Gaïg, il faut que tu viennes. Il y a un bateau qui s'approche de l'île. Selon les Kikongos, ce n'est pas le bateau habituel, celui qui les ravitaille. Il est beaucoup plus petit. Mais il s'apprête à aborder. Il vaut mieux que nous soyons tous ensemble. On ne sait pas qui est à bord. Les Kikongos se sont cachés en attendant, mais ils sont sur le pied de guerre.*

Gaïg s'était relevée, tous les sens en alerte. Et maintenant, elle hésitait. Qu'est-ce qui était le plus important ? Aller aider les Kikongos ? À quoi faire ? À se défendre ? Une poltronne comme elle ? Ou rester et continuer à interroger le chêne ?

— Je ne peux pas venir, Winifrid, annonça-t-elle d'une voix qu'elle aurait voulue plus ferme. Je reste ici.

La Dryade n'eut même pas l'air étonnée par sa décision. Elle considéra pensivement l'arbre et Gaïg perçut un échange entre les deux. Mais c'était trop rapide pour elle, elle ne put rien intercepter. Winifrid la considéra :

— *Il faut que tu viennes, Gaïg. Tu ne peux pas rester ici. L'après-midi est déjà bien avancé…*

Gaïg répondit, le plus calmement qu'elle put :

— Je ne peux pas aller dans la mer, je ne peux pas rester dans la forêt. Et quoi d'autre ? Tu crois vraiment que c'est moi qui sauverai les Kikongos ? Tu crois que je pourrais attaquer un homme deux fois plus grand que moi ? Je préfère rester ici. Je suis occupée.

— *Je sais, Gaïg,* répondit Winifrid d'un ton apaisant. *Mais ce chêne ne t'apprendra plus rien : il t'avait prise pour une Dryade. Je lui ai expliqué ce qui s'est passé.*

Gaïg ouvrit la bouche, époustouflée et désarmée. Dire qu'elle était passée si près de la vérité ! Il aurait suffi de quelques informations de plus pour s'identifier auprès du chêne : il aurait cherché dans sa mémoire et lui aurait dévoilé le mystère qui planait sur sa naissance. Mais peut-être aussi qu'il se serait tu, en apprenant qu'elle n'était pas ce qu'il croyait… En tout cas, c'était fini pour cette fois.

Gaïg avait de nouveau envie de pleurer. Elle regarda tristement Winifrid :

— Mais pourquoi lui as-tu confié que je ne suis pas une vraie Dryade?

— *Je lui ai avoué la vérité, Gaïg, et c'est lui qui décide de se taire ou de continuer. Il dit qu'il t'a montré ce qu'il fallait et que c'est assez. Allez, viens, il y a peut-être du danger à rester ici. Allons rejoindre les autres.*

Gaïg garda le silence, puis décida de suivre Winifrid. Ce n'était que partie remise, pensa-t-elle, elle reviendrait. Et si ce n'était pas ce chêne qui lui révélait sa provenance et sa filiation, c'en serait un autre. Dans l'immédiat, il valait mieux ne pas éveiller la méfiance de la Dryade.

Cette dernière soupira, soulagée de l'apparente docilité de Gaïg.

— *Tu as parcouru beaucoup de chemin dans la forêt. Peut-être que le bateau aura déjà accosté quand nous arriverons. On l'a vu au dernier moment. Tout le monde s'est caché, en attendant de voir qui va débarquer.*

Les deux filles se turent, se concentrant apparemment sur leur marche. En réalité, chacune réfléchissait. Winifrid se demandait si les occupants du bateau étaient des amis ou des ennemis et si leur embarcation pouvait servir pour que Gaïg quittât l'île, qui devenait par trop dangereuse pour elle. La proximité de la Sirène mâle l'inquiétait : Txabi lui avait raconté le peu qu'il avait vu, et Winifrid en avait tiré ses propres déductions.

Gaïg pensait toujours au chêne : dire qu'elle avait été si près de connaître la vérité sur ses origines ! À la première occasion, elle retournerait dans la forêt pour s'enquérir auprès des arbres. En attendant, il valait sans doute mieux s'inquiéter de cette embarcation et de ses habitants. D'après les Kikongos, le ravitaillement ne devait pas avoir lieu avant plusieurs semaines. Pourquoi ces Hommes étaient-ils là ? Venaient-ils en amis ou en ennemis ?

Elle accéléra le pas, tout à coup impatiente de retrouver les autres : plus vite elle saurait, mieux ce serait. Le trajet lui semblait interminable, elle ne s'était pas rendu compte à quel point elle s'était éloignée. Elle comprit pourquoi c'était Winifrid qu'on avait envoyée à sa rencontre : on avait simplement choisi la plus rapide. Gaïg, malheureusement, ne pouvait pas emprunter le chemin des branches pour le retour, elle était obligée de marcher.

« Dans la mer, je serais plus rapide songeait-elle. Et que les Nains le veuillent ou pas, je vais prendre un bain à mon retour. Quelle chaleur. Et que j'ai soif! »

Après avoir longuement cheminé, les deux filles commencèrent à reconnaître les lieux : elles approchaient enfin du camp.

Elles virent Dikélédi et AtaEnsic qui s'avançaient à leur rencontre. Ces dernières avaient l'air sombre.

— Tout est fini, annonça AtaEnsic. C'est allé très vite. Les Kikongos ont reconnu de loin les Hommes du bateau quand ils ont débarqué sur le quai, c'étaient les complices de ceux qui demeuraient sur l'île. Ils les ont laissé mettre pied à terre, et leur ont réglé leur sort en moins de deux. Ils ont profité de l'effet de surprise. Il n'y a pas de survivant.

Gaïg et Winifrid gardèrent le silence. Quel carnage. Tant de morts en si peu de temps.

19

Bélimbé était ravi. Il se sentait le cœur tellement léger qu'il aurait voulu s'envoler, comme ces vastes oiseaux des mers, indolents compagnons de voyage, qu'il voyait planer dans l'azur. Ces voyageurs ailés lui ouvraient les portes d'un nouvel élément à conquérir : l'air. Terrien de nature, il avait accepté d'apprivoiser l'eau en s'embarquant sur cette fine goélette. Il ignorait alors qu'il y découvrirait autre chose, un élément beaucoup plus subtil mais doté d'une force incroyable qui l'aspirait dans une ascension vertigineuse vers des hauteurs insoupçonnées où la sculpture était l'art absolu.

Les Floups avaient adoré ses deux figures de proue. Du coup, il avait embarqué une bille de bois avec lui. Mais depuis deux jours et trois nuits qu'ils étaient en mer, il avait été incapable d'y toucher. Il avait d'abord découvert la légèreté de la goélette qui s'envolait littéralement quand le vent s'engouffrait dans les voiles blanches qui lui tenaient lieu d'ailes. Ensuite, les albatros, ces princes des nuées, l'avaient appelé. Et depuis, il planait.

Il demeurait assis de longues heures sur le pont, sa bille de bois entre les jambes, le regard dans le vide. Afo lui faisait de longues visites, pendant lesquelles il lui tenait la main. Ils ne se parlaient guère, à peine un mot de temps en temps. Ce n'était pas la peine d'en dire plus, la communication avait lieu de toute façon. Il était à la porte du paradis, rien ne pressait. Il savait qu'il y entrerait et qu'il reviendrait chercher sa bien-aimée.

Il vivait quelque chose de totalement nouveau pour lui. Les Nains ont généralement la phobie des grands espaces : habitués à vivre dans l'univers restreint des grottes, l'immensité leur en impose. Ce qui avait été le cas pour ses compagnons, qui étaient restés agglutinés les uns aux autres jusque-là. Ils commençaient seulement à se détendre. Babah et Mukutu, un peu pâles, contemplaient la mer de part et d'autre d'une magnifique figure de proue fraîchement dressée à l'avant de la goélette.

— M'est avis qu'la mer, c'n'est pas mon élément naturel, affirma Mukutu avec force. Aux vrais Nains, c'est la terre qu'il faut!

— Ce qui explique pourquoi tu as été si malade ces derniers temps! Tu n'avais plus rien à rendre que tu vomissais encore! se moqua Babah.

— M'est avis qu'tu n'en m'nais pas beaucoup plus large, vieux frère… L'fait est qu'les Floups, ils ont r'fusé ton aide pour la navigation! Et pas à cause d'ton ignorance… Tu puais!

Les deux compères s'esclaffèrent avec un bel ensemble. Depuis deux jours qu'ils avaient embarqué, ils avaient d'abord été écrasés par l'immensité environnante, puis terrassés par le mal de mer. C'était la première fois qu'ils éprouvaient un répit avec ce dernier. Ils l'avaient presque tous eu : Babah, Mukutu, Fé, Afo, Keyah, Macény. Seuls Bélimbé et WaNguira y avaient échappé. Afo, Keyah et Fé s'étaient remis assez vite, après quelques heures de navigation, sans doute aidés par leur jeunesse. Babah et Mukutu commençaient à se sentir mieux : leur corps s'habituait au mouvement perpétuel du bateau et à cette impression constante d'être en perte d'équilibre.

La pauvre Macény était celle qui souffrait le plus. Bien que n'ayant jamais mis les pieds sur un bateau, elle avait tenu à être du voyage, sans savoir qu'elle serait aussi ballottée. Elle éprouvait une nausée continuelle qui lui rappelait l'époque où elle était enceinte de Mfuru, sans la consolation de son gros ventre porteur d'une vie à venir. Keyah et Afo se relayaient auprès d'elle, munies de bassines et de compresses humides. Mais Macény, incapable de se nourrir, avait l'estomac vide et ne rendait plus que de la bile.

WaNguira, lui, était songeur. Il aurait aimé que Nihassah soit là. Il se doutait qu'elle lui reprocherait tôt ou tard d'être parti sans elle à la rencontre de Gaïg. Et même si elle ne disait rien, par respect pour le grand prêtre, elle n'en penserait pas moins : elle se sentait tellement responsable de Gaïg !

WaNguira trouvait que le cours des événements s'était accéléré malgré lui. À partir du moment où Flopi avait dit « Nous vous aiderons », les Nains avaient été pour ainsi dire dépossédés de leur pouvoir de décision puisque Flopi avait tout pris en charge. Mais les Nains n'avaient pas pu protester, puisqu'ils avaient recours aux Floups justement à cause de leur incapacité à organiser un voyage en mer.

À la fin de l'entretien nocturne pendant lequel Mukutu avait demandé de l'aide à Flopi, les Floups avaient ramené les Nains en bateau dans leur village secret. Ces derniers avaient constaté avec surprise qu'il pouvait exister des habitations encore plus petites que les leurs.

Les maisons des Floups étaient construites sur pilotis, au cœur de la végétation. Certaines « maisons » étaient en réalité des pirogues au fond plat, munies d'un toit. Des « allées » avaient été tracées d'une demeure à l'autre, dans lesquelles on circulait à l'aide de petites barques mobiles.

Flopi avait prévu le départ pour la fin de la matinée, le temps de préparer les bateaux. Mukutu s'était alors enquis desdits bateaux, qu'il n'avait pas encore aperçus. Flopi avait souri de son ignorance.

— Ce n'est pas assez profond ici, nos bateaux s'envaseraient très vite, avait-il expliqué. Ils sont à l'ancre dans une baie secrète. Sinon, il faudrait creuser davantage les canaux qui se combleraient de toute façon très rapidement. Et déboiser les alentours. Du coup, notre village ne serait plus caché… Déjà que je suis étonné que le sieur Babah ait pu nous retrouver! Il n'y était venu qu'une seule fois, et de nuit de surcroît…

— M'est avis qu'le capitaine Flopi oublie qu'le sieur Babah est un Nain, habitué à s'déplacer dans l'obscurité des cavernes, avait rétorqué fièrement Mukutu.

Flopi s'était incliné devant l'évidence avec majesté :

— Je peux donc continuer à considérer que notre village est bien dissimulé et qu'un Homme ne saurait pas comment s'y rendre…

— M'est avis qu'les Hommes n'savent même pas qu'elle existe, votr'cité sur l'eau, avait affirmé Mukutu. Et vous pouvez compter sur nous pour n'pas l'leur dire.

Flopi avait alors proposé d'envoyer des Floups en mission pour avertir les Nains des villages du voyage prochain de leurs frères.

— Pas « les Nains des villages », avait immédiatement corrigé Mukutu. Plutôt ceux des collines d'Koulibaly, si c'n'est pas trop loin. M'est avis qu'notre démarche doit rester la plus s'crète possible. Qu'tes Floups d'mandent à parler à Mongo, à Séméni, à WaNdéné ou à WaNtumba et ceux-ci décid'ront d'la marche à suivre sur place.

— Ou à Nihassah, avait ajouté WaNguira.

Flopi avait donné des ordres en conséquence, puis s'était excusé : il fallait qu'il s'occupe de la préparation de l'expédition et l'approvisionnement des navires occuperait une bonne partie du temps qui restait.

— Nous pouvons vous aider, avait proposé WaNguira. Il n'est pas dit que nous resterons inactifs et que nous nous ferons servir.

— Considérez que vous êtes nos invités, avait répondu Flopi, magnanime. Nous pensons partir avec deux bateaux, celui de Pafou et le mien. Ça devrait être suffisant s'il y a du monde à ramener. Mais ce serait aussi vous faire affront que de ne pas accepter votre aide. Nous ferons donc appel à vous si besoin est.

Effectivement, les Nains avaient participé au chargement des vivres et des tonneaux d'eau douce sur les barques qui faisaient la navette entre le village et les goélettes. Le soleil était déjà à son zénith quand ils avaient embarqué à leur tour sur les frêles embarcations, à destination des bateaux qui prendraient le large.

Ils avaient été surpris de trouver les deux figures de proue déjà montées sur les goélettes. Ils supposèrent que les Floups qui s'affairaient dans des barques à l'arrière s'occupaient des planches du gouvernail. Bélimbé se réjouit de cette diligence : il n'avait pas travaillé pour rien. Visiblement, le cadeau avait plu aux Floups. Il avait alors proposé de sculpter une troisième figure de proue dans une bille de bois qu'il avait aperçue devant une case. Les Floups s'étaient empressés d'aller la chercher pour la monter à bord.

Depuis deux jours qu'ils voguaient en mer, les Nains avaient eu le temps d'étudier un peu leurs compagnons floups. Ces derniers, simplement vêtus de pantalons qui leur arrivaient à mi-mollet, toujours dans des tons de mauve, violet, rose foncé et noir, le plus souvent buste nu, faisaient preuve d'une agilité surprenante pour se mouvoir. Plus petit que les Nains, ils ressemblaient à des Hommes miniatures, dotés d'oreilles pointues, mobiles et soyeuses comme celles de chats, dont ils avaient également les yeux. Tout en eux rappelait d'ailleurs le jeune chat, toujours prêt à jouer, d'autant plus qu'ils communiquaient souvent par gestes.

Ils ne perdaient pas une occasion de pratiquer leur art martial, la florinette, dans lequel le jeu de jambes était primordial. Les Hommes, campés sur leurs membres inférieurs, se battaient avec les bras et les poings, les Floups, au contraire, se tenaient sur leurs bras et se battaient avec les jambes et les pieds. Leurs adversaires étaient le plus souvent décontenancés par cette forme nouvelle de combat et perdaient l'avantage. D'autant plus que les Floups faisaient preuve d'une mobilité inouïe, n'étant jamais là où on les attendait : ils montraient une grande maîtrise de la feinte et de l'esquive, comme si lutter équivalait à un divertissement. À les voir s'entraîner sur le pont, les Nains avaient l'impression qu'ils cherchaient davantage à dominer le jeu qu'à vaincre l'adversaire. Le fait est qu'il n'y avait pas d'adversaire réel en face et qu'ils pouvaient se permettre toutes les fantaisies acrobatiques de leur choix.

Ils étaient partout à la fois et rien ne leur échappait. Leur monde était constitué par la goélette, dont ils prenaient grand soin. Ils entretenaient soigneusement les ponts, les voiles, les cordages, et plongeaient de temps en temps pour effectuer une rapide inspection de la coque. Bien que centrée sur le bateau, leur attention ne se relâchait pourtant pas en ce qui concernait les alentours : ils possédaient plusieurs longues-vues, volontairement laissées à la disposition de tous sur le pont. N'importe qui pouvait en saisir une et inspecter la mer.

Néanmoins, ils faisaient avant tout confiance à la vigie juchée dans son nid-de-pie. Il suffisait qu'elle avertisse ses compagnons de l'apparition d'un relief sur la surface plane de la mer pour que tous se précipitent. C'était ce qui s'était passé au petit matin, alors qu'ils entamaient leur troisième journée de navigation.

Le matelot de vigie avait crié « Bateau en vue » et le pont s'était peuplé immédiatement d'une multitude de Floups prêts à livrer bataille. Les Nains, tirés du sommeil, avaient été stupéfaits de constater l'agitation féroce de ces petites créatures, apparemment si pacifiques jusque-là.

Ils avaient alors compris que la réputation des Floups n'était pas surfaite et qu'ils pouvaient se montrer irascibles et sanguinaires dans certains cas. Un grand branle-bas de combat régnait à bord.

Les Floups en ébullition couraient d'un bout à l'autre de la goélette, sautillaient sur place, examinaient l'horizon avec l'assurance gourmande du futur vainqueur dans le regard. Ils se mettaient en position de combat, avançaient sur les mains en agitant les jambes, échangeaient des coups de pied sans se toucher, adoptaient des postures qui, pour inhabituelles qu'elles fussent, n'en étaient pas moins extrêmement gracieuses et légères. Les engagements simulés qui leur tenaient lieu d'entraînement au combat faisaient penser à une danse, pendant laquelle leurs compagnons, réunis en cercle autour d'eux, frappaient dans leur main en chantant, faisant ce qu'ils appelaient la roda.

Ils se préparaient à livrer bataille en s'excitant mutuellement comme s'il ne s'agissait que d'un jeu qu'ils étaient sûrs de gagner. Armés jusqu'aux dents, ils se démenaient dans des joutes fictives, au cours desquelles leurs jambes, comme montées sur des ressorts, décochaient des coups de pied d'une puissance redoutable.

La deuxième goélette était immédiatement montée à tribord pour se placer au même niveau que la première, ce qui avait tout de suite induit une conversation par gestes. Les Floups des deux bateaux s'énervaient mutuellement, fanfaronnaient à coup de gageures et de défis amicaux et avaient l'air de s'amuser follement.

En faisant abstraction de l'effervescence violette qui régnait sur le pont, les Nains étaient sensibles au spectacle dansant qui se dégageait des figures de proue dont la gémellité était accentuée par la symétrie du mouvement. Néanmoins, ils n'avaient guère envie d'assister à un carnage entre Hommes et Floups. Ils avaient une mission bien précise en tête et ils ne désiraient pas se laisser distraire. Mais ils n'avaient aucun moyen de peser sur le choix de leurs hôtes.

— M'est avis qu'il y a du grabuge dans l'air, murmura sombrement Mukutu en se rapprochant de Flopi qui avait coiffé un immense tricorne améthyste.

Ce dernier se tourna vers lui, l'air surpris :

— Nous nous échauffons, c'est tout. Il faut toujours être prêt pour l'ennemi. Mais nous n'allons pas livrer bataille. Nous n'avons pas le temps. Nous devrions être dans les parages de votre île.

Mukutu n'en revenait pas. Babah le cogna discrètement en murmurant un « Ferme ta bouche, le Nain » auquel Mukutu obéit machinalement. Toute cette agitation pour rien…

Flopi continua, sur le même ton détaché :

— De toute façon, ce bateau est soit vide, soit doté d'un équipage de fous. Il n'a pas de direction précise. On dirait qu'il se laisse porter par les flots. Pourtant la voile est mise. On pourrait aller voir mais ça nous retarderait. Il nous faut commencer à chercher votre fameuse île.

Mukutu, anéanti, se laissa tomber sur le pont, encadré par Babah et WaNguira. Les Floups étaient de bien curieuses créatures, pensaient-ils tous les trois, avec une psyché à l'opposé de la mentalité naine qui visait en tout l'économie des forces. Toute cette excitation les laissait rêveurs : quel gaspillage d'énergie!

Les petits pirates mirent du temps à se calmer : tant que le bateau demeura en vue, ils furent en proie à une fiévreuse agitation, se réunissant en rodas qui se dissolvaient aussi vite qu'elles s'étaient formées.

Longtemps après, dans l'après-midi, quand les Nains entendirent la vigie annoncer « Terre en vue », ils ne réagirent même pas.

20

Gaïg, Winifrid, AtaEnsic et Dikélédi avançaient, la tête basse, perdues dans leurs pensées. Elles se sentaient un peu dépassées par les événements. En arrivant au village, elles se rendirent vite compte que ses habitants n'en menaient pas large. Ils avaient fait ce qu'ils estimaient devoir être accompli, devinant que les Hommes ne les épargneraient pas en découvrant la disparition de leurs semblables. Mais c'était une chose d'exterminer ses tourmenteurs quand on venait d'être libéré de ses chaînes et c'en était une autre de massacrer à froid de nouveaux arrivants en présumant de leurs actions futures. Même en sachant qu'il n'aurait pas été prudent d'agir autrement, ils ne pouvaient empêcher les questions d'affluer dans leur tête. Quand pourraient-ils cesser d'être sur leurs gardes et poser les armes? Faudrait-il toujours tuer? Quand connaîtraient-ils la paix?

L'idée qu'il était plus que temps pour eux de quitter les lieux germait dans leur esprit. Sondja, la *Terre-du-désespoir-absolu* : quel avenir les attendait sur cette île, avec un nom pareil? Même si c'étaient eux qui l'avaient ainsi baptisée? D'autres Hommes viendraient, à la recherche de leurs compagnons disparus, qu'il faudrait supprimer à leur tour. Ce serait sans fin. À moins de partir.

Les yeux se tournaient de plus en plus vers le bateau amarré au débarcadère. Quelques Kikongos l'avaient inspecté pour être certains qu'il n'y avait pas d'autres ennemis cachés à l'intérieur. Ayant constaté qu'il était vide, ils avaient rejoint leurs semblables à terre, fuyant tout ce qui leur rappelait l'oppresseur. Puis les pensées avaient cheminé, lentement, certes, mais dans la même direction : la nécessité du départ se précisait.

Quand Gaïg arriva avec ses compagnes, elle considéra rapidement le village, qui avait déjà repris son aspect habituel. N'étaient-ce les regards vides et fuyants des Nains qui se sentaient un peu mal à l'aise face à la tournure prise par les événements, on aurait pu croire qu'il ne s'était rien passé : ils s'étaient dépêchés de tout nettoyer, désireux d'abolir une fois de plus toute trace de ce passé exécrable.

Apercevant WaNdo et Mfuru assis sur un tronc proche du débarcadère, elle emboîta le pas à AtaEnsic qui se dirigeait vers eux, suivie de Dikélédi et Winifrid. Elle résista à son désir de se jeter à l'eau, emportée par un mouvement de sympathie pour WaNdo : comme ce devait être difficile de ne pas voir ce qui se passait! Il ne pouvait même pas se protéger… Bien sûr, Mfuru avait dû prendre grand soin de son père et veiller à ce qu'il ne lui arrivât rien, mais quand même…

Gaïg saisit spontanément la main de WaNdo :

— Viens avec moi, on va faire un tour.

Il sourit tristement :

— C'est bien gentil, mais où veux-tu aller? On ne peut fuir son destin… répondit-il, accablé.

— Alors ton destin t'emmène sur l'eau! plaisanta Gaïg en le tirant. Allons visiter le bateau.

WaNdo, n'ayant rien de mieux à proposer, se leva nonchalamment et se laissa conduire. Dans le calme environnant, il entendit les autres se redresser pour les accompagner : leurs pas résonnèrent sur le quai de bois, accentuant par contraste le silence inhabituel qui régnait sur les lieux.

— C'est drôle, je n'entends même pas le bruit de la mer, fit-il remarquer. Il n'y a pas de vagues, n'est-ce pas? Pas le moindre clapotis…

— C'est ce qu'on appelle une mer d'huile, répondit Gaïg. Attention, on monte sur le pont. Tiens, vous êtes là, vous deux?

Loki et Txabi venaient d'apparaître, sortant d'une écoutille.

— Nous avons procédé à une inspection détaillée des lieux, déclara cérémonieusement Loki. Il n'y a plus âme qui vive sur ce bâtiment. Vous pouvez vous installer, hé! hé!

Ils disparurent dans les profondeurs du navire aussi subitement qu'ils étaient apparus.

— Je ne suis pas certaine de vouloir m'y « installer », corrigea Dikélédi. En ce qui me concerne, je préfère toujours la terre ferme. Pas vrai, Mfuru?

WaNdo répondit à sa place :

— Sûr que la place d'un Nain, c'est sur la terre, et même *dans* la terre. Mais on n'a pas toujours le choix, malheureusement, et tôt ou tard, il nous faudra bien reprendre la mer. Ne serait-ce que pour quitter cette île de malheur…

— Mais ce bateau est trop petit pour nous contenir tous, Pépé Do, expliqua Mfuru. Et même en se répartissant dans toutes les embarcations, on n'est pas sûr de pouvoir embarquer au complet. On n'est pas bien nombreux, mais quand même…

— On n'est pas obligés de partir tous en même temps. Il peut y avoir plusieurs voyages. Une fois que ceux du pays de N'Dé seront au courant, ils nous aideront. Moi, je peux attendre. Les plus vaillants prendront les devants et reviendront chercher les autres.

— Je resterai avec toi alors. Je ne t'ai pas retrouvé pour te quitter, annonça Mfuru.

— Et moi, je resterai avec toi, précisa affectueusement AtaEnsic.

Winifrid se serra contre AtaEnsic :

— *Tu es sûre que tu ne veux pas retrouver la forêt de Nsaï? Moi, j'ai hâte de revoir Walig. Je me demande ce qu'il devient, sans moi…*

— Et moi, j'aimerais bien retrouver ma famille, lâcha Dikélédi, pensive. Mais s'il faut attendre, j'attendrai.

Gaïg se taisait, le problème ne se posant pas pour elle en ces termes : elle n'avait personne à retrouver. Nihassah, certes. Mais un peu plus tôt ou un peu plus tard… le temps n'importait pas autant pour elle que pour les autres. Elle ne fuyait rien. Ou plutôt si, elle avait fui Garin et son village. Mais c'était chose faite, maintenant. Peut-être qu'elle était arrivée? Après tout, c'était ce qu'elle avait envisagé auparavant :

s'installer sur une île. Alors pourquoi ne pas demeurer sur celle des Kikongos? D'autant plus qu'ici... Gaïg se rendit compte que sa décision était à moitié prise : elle demeurerait sur place parce que c'était là qu'elle avait les meilleures chances d'entrer en contact avec les Sirènes. Et puis, ce chêne qui lui avait parlé, il avait encore des choses à lui apprendre... Si Winifrid n'était pas arrivée... Elle fit un effort pour se rappeler les derniers événements, après être descendue dans la mine. Rien. La nuit. Le vide. Un grand trou dans le temps. Elle s'était réveillée au moment où WaNdo parlait de Nyanga noir. Ce faisant, elle regarda sa bague. Toujours cette impression de nouveauté, comme si quelque chose avait changé : elle la reconnaissait sans la reconnaître. Gaïg se creusait désespérément l'esprit en quête de souvenirs explicites, mais se heurtait au flou d'une pensée latente qui ne voulait pas naître. C'était donc cela, la mémoire? Ou plutôt la perte de mémoire? On savait que quelque chose avait été mais on ne pouvait en dire plus.

Elle lâcha la main de WaNdo qu'elle tenait toujours pour sortir sa bague de son doigt, mais ne put accomplir son geste.

— Alors, petite princesse, tu me le fais visiter, ce bateau? demandait le grand prêtre. Tu es bien silencieuse tout à coup...

Gaïg revint immédiatement à la réalité : tant qu'elle ne serait pas seule, elle ne connaîtrait aucune tranquillité pour se livrer à ses réflexions. Elle n'en voulait pas à WaNdo, bien sûr, puisque c'était elle qui lui avait proposé de monter à bord. Mais elle avait absolument besoin de solitude. Elle décida qu'elle ne rentrerait pas dormir à terre. Connaissant les Nains, elle était certaine qu'ils voudraient sentir le sol sous leurs pieds, ce qui « éliminait » d'un seul coup WaNdo, Mfuru et AtaEnsic puisque ces trois-là étaient devenus inséparables. Dikélédi se joindrait à eux. Cela en faisait quatre de moins. Gaïg, étonnée de sa propre virulence, continua à « éliminer » les présences sur l'embarcation : Winifrid préférerait dormir dans un arbre, et d'ici là, Loki aurait trouvé un nouveau terrain d'exploration, pour lequel il avait un petit compagnon tout désigné. Pourvu qu'aucune Naine n'ait l'idée de « rappliquer » pour lui « tenir compagnie »! Non, les Nains, c'était à terre qu'ils devaient rester!

— Bien sûr que je te le fais visiter, s'entendit-elle répondre avec l'assurance de celle qui a un plan en tête. Viens.

Jamais visite ne fut menée aussi rondement, d'autant plus qu'il n'y avait pas grand-chose à voir. Et comme WaNdo ne voyait pas, de toute façon... Quelle idée saugrenue, aussi, cette proposition... Gaïg, un peu étonnée du manque de gentillesse dans les pensées qui la visitaient, refusa cependant de s'y attarder. Elle était énervée et fatiguée, voilà tout. Le bateau était effectivement petit, plutôt sale et mal entretenu, et elle en eut vite fait le tour.

— Et voilà! C'est fini! annonça-t-elle à la cantonade.

Elle se retint juste à temps pour ne pas dire « Vous pouvez débarquer, maintenant ». Qu'est-ce qui lui arrivait? Pourquoi se sentait-elle aussi agacée? Parce qu'elle désirait être seule? Elle qui avait tant rêvé d'avoir des amis auparavant, voilà qu'elle voulait se débarrasser de ceux que ses aventures lui avaient amenés. Quelle inconstance, quand même... Elle ajouta, plus gentiment :

— Moi, j'ai envie de rester dormir à bord cette nuit. Rien que pour entendre le clapotis des vagues contre la coque.

Winifrid ne se laissa pas démonter :

— Quelle bonne idée! Je reste avec toi.

À la grande surprise de Gaïg, tous ceux qu'elle avait « éliminés » en esprit trouvèrent une bonne raison de rester. WaNdo jugea qu'ainsi il se réhabituerait aux mouvements de tangage et de roulis d'un bateau, ce qui impliqua immédiatement la présence de

Mfuru et d'AtaEnsic. Dikélédi décréta qu'elle surveillerait Loki pour qu'il ne détache pas l'amarre, et Txabi par la même occasion, des fois qu'il veuille prendre la relève du Pookah.

Gaïg était interloquée, mais elle garda le silence et se dirigea vers un gros tas de cordages près du bastingage, à la proue : de là, elle pourrait voir la mer.

Cette dernière était toujours aussi calme et Gaïg, en approchant, fut surprise de voir des cercles concentriques qui s'éloignaient doucement du bateau. Elle se pencha. Quelque chose avait été là, tout contre la coque, qui avait plongé, c'était sûr. Sans le moindre bruit, puisqu'on n'avait rien entendu. Donc la « chose » ne voulait pas être vue. Immédiatement, l'esprit de Gaïg entra en ébullition : une Sirène? Alors c'était un bon coin pour dormir. Bien que n'ayant aucun souvenir conscient de l'existence de la Sirène mâle qu'elle avait aperçue dans le bassin, Gaïg se souvenait de celles qui les avaient amenés sur l'île.

Elle garda sa découverte pour elle, ne voulant pas se heurter à une opposition concernant son projet naissant de bain nocturne. Elle s'installa tranquillement comme si de rien n'était, regarda un moment les autres accomplir leurs préparatifs pour la nuit et plongea très vite dans le sommeil. Tout au moins était-ce l'impression qu'elle voulait donner à ses compagnons. Ce qu'elle réussit très bien puisqu'ils ne tardèrent pas à s'endormir à même le pont, enroulés dans une voile de rechange qui se trouvait là sans qu'on sache pourquoi.

Gaïg, quand elle n'entendit plus aucun bruit, ouvrit doucement les yeux sans bouger d'un pouce. Elle sursauta. Quelqu'un se déplaçait sur le pont. Bien que de petite taille, il ne s'agissait pas d'un Nain. Ce ne pouvait être Loki, qu'elle apercevait un peu plus loin, pelotonné contre AtaEnsic. Un survivant de l'équipage? Un enfant, alors. Mais comme il était petit!

Gaïg le vit s'engouffrer dans une écoutille; elle se redressa, hésitant un peu, prête à le filer mais il ressortait déjà, chargé d'un sac qu'il passa en bandoulière. Il devait effectivement connaître les lieux et savait où trouver ce qu'il était venu chercher: de la nourriture peut-être? Elle fut tentée de donner l'alerte mais, distraite par un éclat inattendu de sa bague dans le noir, elle n'en fit rien. Le temps de relever les yeux, l'enfant était déjà en train d'enjamber le bastingage, tout près d'elle.

Il avait dû percevoir la lumière de l'anneau, parce qu'il regardait dans sa direction. La surprise se lut sur son visage, en même temps qu'une certaine crainte puisqu'il disparut aussitôt. Gaïg attendit de le voir réapparaître sur le quai, mais en vain. Pourquoi n'avait-il pas emprunté le pont, tout simplement? Peut-être qu'il voulait rejoindre l'île à la nage… Avec son sac?

Elle se leva doucement et se pencha par-dessus bord, à l'endroit où elle l'avait vu s'éclipser. Il n'y avait là qu'un énorme amas de cordages jetés en désordre sur le bossoir mais rien d'autre. Le bateau était toujours amarré au quai, rien ne bougeait dans l'eau. Gaïg était intriguée. Qui était cet « enfant »? Était-ce un enfant, d'ailleurs? Était-il dangereux? Où était-il passé? Elle n'avait quand même pas rêvé… Devait-elle réveiller ses compagnons? Au risque de le faire tuer? Elle avait beau avoir confiance en eux, elle avait vu AtaEnsic à l'œuvre avec le dénommé Crépin, celui qui avait scié sa corne, et elle savait que les Kikongos, une fois au courant, ne feraient pas de quartier. Elle opta pour le silence.

Si c'était réellement un enfant, ce pouvait être le mousse. Auquel cas, il devait être maltraité par les marins, donc plus à plaindre qu'à blâmer. Gaïg décida de lui laisser une chance. S'il se faisait attraper une fois à terre, tant pis pour lui. Mais il était si petit qu'il passerait inaperçu…

Voyant l'eau si proche, elle ne put résister au désir de se baigner. Le bruit d'un plongeon risquait de réveiller ses compagnons et elle se dirigea vers le quai, d'où elle se laissa glisser silencieusement dans l'eau. Son bain la détendit. Elle se livra à une vigoureuse séance de natation sous l'eau, en faisant très attention à ne pas produire en surface des éclaboussures qui l'auraient trahie. Au bout d'un moment, elle se sentit fatiguée et ensommeillée. Son esprit avait du mal à penser et un mal de tête naissant la poussa à réintégrer son tas de cordes. Elle sombra alors dans un sommeil sans rêve.

Sommeil lourd dont elle émergea brusquement au petit matin avec l'impression d'avoir déjà vécu un moment semblable. Ce mouvement du bateau, ce silence, ce ciel bleu, cette odeur... Elle identifia rapidement la « nouveauté » de la situation : elle se trouvait en pleine mer, une fois de plus. Comment, pourquoi, à cause de qui, elle n'en savait rien pour le moment. Loki, encore? Non, pas deux fois de suite la même chose : il avait bien vu où sa bêtise avait failli les conduire. Alors qui? Et pourquoi?

Deux goélettes croisaient dans le lointain. Leur faire signe? Appeler à l'aide? Ce serait peine perdue, elles étaient trop loin. Gaïg choisit de réveiller ses compagnons.

LEXIQUE

Abomé : Nain, chef de la tribu des Gnahorés.
Affé : Nain, un des cinq enfants de Mama Mandombé, à l'origine d'une des cinq grandes familles de Nains. Emblème : la sphère, représentée à plat par un cercle.
Afo : Naine, sœur jumelle de Keyah. Amie de Bélimbé le sculpteur.
Akil minéral : une des trois Terres singulières. Signifie *intelligence* en baalââ. Peut capter une propriété intelligente et la partager avec son possesseur. La Pierre des voyages est en Akil minéral.
Aligo : Nain de la tribu des Affés. Bon sculpteur.
AtaEnsic : Licorne femelle ayant perdu sa corne, amie de Mfuru.

Baalââ : langue sacrée des Nains.
Babah : Nain, ami de Mukutu.
Bamako : village de la côte, proche des collines de Koulibaly.
Bandélé : Nain Lisimbah, fils de Matilah. Amoureux de Nihassah dont il est le frère de lait.
Bayé : Naine de Ngondé. Bonne sculpteuse.

Bélimbé : Nain, sculpteur gnahoré, ami d'Afo.

Crépin : Homme sur l'île des Kikongos.

Dikélédi : jeune Naine, fille de Doumyo et Mvoulou. Née dans la forêt de Nsaï, à la suite d'une farce de Pookah. Sœur de Yédo et Léké.
Do : Nain Kikongo, époux de Macény, père de Mfuru. Devenu WaNdo à la mort de WaNgolo.
Dofi : Nain originaire de Ngondé.
Doumyo : Naine, épouse de Mvoulou, mère de Yédo, Léké et Dikélédi.
Dryades : jeunes filles de la forêt de Nsaï, dont la vie est reliée à un arbre, le plus souvent un chêne.

Étibako : Nain, futur grand prêtre des Gnahorés, appelé à succéder à WaNkoké.

Fé : Nain de la tribu des Gnahorés, ami de Bélimbé.
Flopi : capitaine floup.
Florinette : art martial floup, aux apparences de danse, reposant sur l'utilisation des jambes et des pieds au lieu des mains.
Floups : êtres de taille inférieure aux Nains, devenus pirates. Ennemis des Hommes qui avaient voulu les asservir.

Gaïg : fille, âgée de dix ans. Appelée **Wolongo** par les Nains en baalââ ou **ToneNili** par les Licornes, en tawiskara. Les deux noms signifient *Fille de l'Eau*.
Garin : Homme ayant recueilli Gaïg pour l'élever, avec Jéhanne son épouse.
Gnahoré : Nain, un des cinq enfants de Mama Mandombé, à l'origine d'une des cinq grandes familles de Nains. Emblème : le cône, représenté à plat par un cercle surmonté d'un triangle.

Hommes : créatures de grande taille, peuplant la surface de la terre.

Ihou : Troll habitant les profondeurs de la terre, se nourrissant de pierres la plupart du temps, mais néanmoins friand de Nains.

Jéhanne : femme qui a recueilli Gaïg avec Garin.
Jomo : village souterrain de Nihassah.

Keyah : Naine, sœur jumelle d'Afo. Amie de Fé.
Kikongo : Nain, un des cinq enfants de Mama Mandombé, à l'origine d'une des cinq grandes familles de Nains. Les Kikongos sont surnommés les Nains des sables. Emblème : la

pyramide, représentée à plat par une étoile à quatre branches.
Kodjo : jeune Naine de la famille des Kikongos.
Koulibaly (collines de) : région où se sont réfugiés les Gnahorés lors du Premier Exode.

Léké : jeune Nain, fils de Doumyo et Mvoulou, frère de Yédo et Dikélédi.
Lendo-Lendo (galerie de) : galerie abandonnée, près des collines de Koulibaly.
Licornes : créatures vivant dans la forêt de Nsaï, semblables à des chevaux portant une corne unique au milieu du front. Cette corne, torsadée chez les femelles, a la propriété d'absorber les poisons.
Lisimbah : Nain, un des cinq enfants de Mama Mandombé, à l'origine d'une des cinq grandes familles de Nains. Emblème : le cube, représenté à plat par un carré.
Loki : Pookah.

Macény : Naine, mère de Mfuru, épouse de Do.
Mahou : Nain, aurait dû succéder au grand prêtre des Kikongos, WaNgolo.
Maïalen : Salamandar, mère de Txabi.
Mama Mandombé : la Déesse Magnifique, la Mère de tous les nains à travers ses cinq

enfants (Gnahoré, Kikongo, Lisimbah, Pongwa, Affé), aussi surnommée la Reine des Nains par Gaïg.
Matilah : Naine, mère de Bandélé, mère adoptive de Nihassah.
Mfuru : Nain. Son nom signifie *la Tortue* en baalââ. Ami d'AtaEnsic.
Mongo : Nain, chef de la tribu des Affés.
Mossi : Nain, fils aîné et représentant d'Abomé, chef de la tribu des Gnahorés.
Mukutu : Nain, chef de la tribu des Lisimbahs. Père de Nihassah.
Mvoulou : Nain, époux de Doumyo, père de Yédo, Léké et Dikélédi.

N'Dé (pays de) : nom du continent où se déroule l'histoire des Nains.
Nains : créatures caractérisées par leur petite taille et leur habitat cavernicole.
Ngondé : village de Dikélédi, Doumyo et Mvoulou.
Nihassah ou **Zoclette** : Naine, amie de Gaïg. Fille de Mukutu et de Batuuli. Nihassah signifie *Princesse Noire* en baalââ.
Nimissa : immense lac souterrain dans la mine de l'île de Sondja. Son nom signifie *Mer-du-désespoir-sans-fond*.
Nsaï (forêt de) : forêt où vivent les Dryades et les Licornes.

Ntangu (caverne de) : caverne dans laquelle les Nains entreposent leur trésor.
Nyamé : monnaie en vigueur dans le pays de N'Dé. Un nyamé vaut un soixantième d'okou.
Nyanga : Minerai sacré. Signifie *soleil* en baalââ.

Okan (mer d') : mer qui baigne les côtes du pays de N'Dé.
Oko (monts d') : les Nains y ont trouvé refuge après le Premier Exode.
Okou : monnaie en vigueur dans le pays de N'Dé. Un okou vaut soixante nyamés.
Olokun : Esprit de l'Eau chez les Nains, père de Yémanjah.

Pafou : capitaine floup.
Patxi : Salamandar. Prononcer « Patchi ».
Pierre des voyages : en Akil minéral. Elle permet de comprendre les différentes langues.
Pongwa : Nain, un des cinq enfants de Mama Mandombé, à l'origine d'une des cinq grandes familles de Nains. Emblème : l'œuf représenté à plat par une ellipse avec un cercle à l'intérieur.
Pookah : lutin des bois, plaisantin et farceur.
Premier Exode : période durant laquelle les Nains, à cause du volcanisme, quittent

les montagnes de Sangoulé pour les monts d'Oko.

Raoul : Homme sur l'île des Kikongos.
Renart : Homme sur l'île des Kikongos.
Roda : figure de la florinette où les combattants s'entraînent au milieu d'un cercle formé par leurs compagnons qui chantent en tapant dans les mains.

Salamandar : créature amphibie peuplant les souterrains, réputée pour son intelligence fine et aigüe. Le pluriel de Salamandar est **Salamandarak** en langage salamandar.
Sangoulé : chaîne de montagnes. Pays d'origine des Nains, abandonné pour les monts d'Oko lors du Premier Exode, à cause de l'activité volcanique qui s'y est développée.
Sawyl : langue des Dryades.
Sémah : ancienne galerie qui va des sources chaudes de Tcolawitsé à Sangoulé.
Séméni : Nain, chef de la tribu des Pongwas. Bon sculpteur.
Seyni (caverne de) : premier emplacement du village de Ngondé.
Shango : village de la côte, proche des collines de Koulibaly.
Sondja : île sur laquelle les Kikongos ont été maintenus prisonniers par les Hommes

pendant plus d'un siècle. Son nom signifie *Terre-du-désespoir-absolu*.

Tawiskara : langue des Licornes.
Tchitala : Naine Affé.
Tcolawitsé : sources chaudes, dans la forêt de Nsaï.
Témidayo : Nain.
Terres singulières : pierres possédant des propriétés particulières. Il s'agit du Cristal de Mwayé, de la Gemme de Maza et de l'Akil minéral.
Thioro : Naine Kikongo.
ToneNili : Gaïg, pour les Licornes. Signifie *Fille de l'Eau* en tawiskara.
TsohaNoaï : Reine des Licornes. Signifie *Soleil* en tawiskara.
Txabi : bébé salamandar confié à Gaïg par sa mère, Maïalen. Prononcer « Tchabi ».

Vanora : variété de mousse aux propriétés légèrement hallucinogènes, adorée des chiens.
Vodianoï : créature aquatique repoussante, dégageant une forte odeur de putréfaction. La morsure de la Vodianoï est généralement mortelle.

Wakan Tanka : Roi des Licornes. Signifie *Dieu suprême* en tawiskara.

Walig : chêne allié à Winifrid, dans la forêt de Nsaï.
WaNdéné : Nain, grand prêtre des Affés.
WaNdo : Nain. Époux de Macény, père de Mfuru. S'appelait Do avant de devenir grand prêtre des Kikongos à la mort de WaNgolo.
WaNgolo : Nain, grand prêtre des Kikongos, mort de la rage.
WaNguira : Nain, grand prêtre des Lisimbahs.
WaNkoké : Nain, grand prêtre des Gnahorés.
WaNtumba : Nain, grand prêtre des Pongwas.
Wassango-Kilolo (pitons de) : région où se sont réfugiés les Pongwas et les Affés lors du Premier Exode.
Winifrid : Dryade, alliée du chêne Walig.
Wolongo : Gaïg, en baalââ. Signifie *Fille de l'Eau*.

Yédo : jeune Nain, fils de Doumyo et Mvoulou, frère de Léké et Dikélédi.
Yémanjah : signifie, en baalââ, *Mère-dont-les-enfants-sont-des-poissons*. Fille de Mama Mandombé et de son frère, Olokun, qui est l'Esprit de l'Eau. Première Sirène. Aïeule de Gaïg.
Yolkaï Estan : déesse de la mer, pour les Licornes, équivalent de Yémanjah chez les Nains. Aïeule de Gaïg.

Zembélé : Nain.

TABLE DES MATIÈRES

Prologue	11
Chapitre 1	15
Chapitre 2	29
Chapitre 3	43
Chapitre 4	55
Chapitre 5	67
Chapitre 6	81
Chapitre 7	91
Chapitre 8	103
Chapitre 9	117
Chapitre 10	129
Chapitre 11	143
Chapitre 12	155
Chapitre 13	167
Chapitre 14	179
Chapitre 15	197
Chapitre 16	209
Chapitre 17	219
Chapitre 18	235
Chapitre 19	247
Chapitre 20	259
Lexique	271

LA PROPHÉTIE DES NAINS
TOME I

LA FORÊT DE NSAÏ
TOME II

L'APPEL DE LA MER
TOME III

Ce livre a été imprimé sur du papier contenant 100 %
de fibres recyclées postconsommation, certifié Écolo-Logo
et Procédé sans chlore et fabriqué à partir d'énergie biogaz.

Ce tirage aura permis, à lui seul, de sauver
l'équivalent de 37 arbres matures.